Journal de la guerre au cochon

On ne peut citer Adolfo Bioy Casares sans évoquer aussitôt un autre nom, celui de Jorge Luis Borges. De quand date leur première rencontre ? Bioy Casares lui-même hésite... 1931, 1932 ? A cette date, Borges a trente-deux ans et Bioy Casares dix-sept. Le premier est déjà un écrivain confirmé, le second n'a encore publié qu'un livre sous pseudonyme. Entre eux va naître une amitié intense et inaltérable. Et à travers cette amitié, une véritable collaboration littéraire.

Il existe une singularité de la littérature argentine, sans commune mesure avec la culture d'autres pays voisins d'Amérique latine comme le Brésil, le Chili ou le Pérou. Artistes, poètes ou écrivains, les Argentins lettrés ressemblent souvent à des exilés du Vieux Continent. A des représentants lointains d'une tradition européenne qu'ils adoptent, qu'ils illustrent, qu'ils connaissent souvent mieux que personne et qui les aide à vivre. Cette culture, ils s'en nourrissent. Ils en ont un besoin vital. L'écrivain Silvina Ocampo, l'épouse de Bioy Casares, racontait un jour que, par une belle soirée d'été à la campagne, « on vit un admirable poète défaillant, pâle, couché par terre, presque mort, murmurant des mots inintelligibles »; c'était Jules Supervielle qui se récitait des vers comme à chaque fois qu'il se sentait s'évanouir. Cela le faisait revenir à la vie mieux que n'importe quelle médecine ! Et Silvina, commentant les réunions d'amis autour de son mari, ajoutait : « Nous vivions dans une atmosphère de poésie pure. Les vers étaient les liens les plus sûrs entre nous. »

Bioy Casares évoque encore les interminables conversations poursuivies avec Borges dans le dédale des ruelles de Buenos Aires, les échanges exaltés d'opinions, les discussions à l'infini... Il s'est lui-même diverti à dresser la liste des sujets littéraires qui nourrissaient leurs entretiens. Entre autres, Johnson, De Quincey, Stevenson, Cervantès, Chesterton, Gongora, Schopenhauer, Proust, en passant par *La Chanson de Roland, La Divine Comédie, L'Illusion Comique, Les Mille et Une Nuits,* la poésie chinoise, la littérature fantastique, les intrigues policières, la quatrième dimension, la relativité, les *Contrerimes* de Toulet...

Bioy Casares a été formé par Borges. En 1934, on lui demande d'écrire une brochure à vocation scientifique sur les mérites d'un produit contre le vieillissement. Il s'enferme avec Borges pour rédiger le texte publicitaire. Après sa rédaction, Bioy Casares note : « J'étais un autre écrivain, plus expérimenté, plus aguerri. Toute collaboration avec Borges équivaut à des années de travail. »

Ensemble ils dirigent la revue littéraire *Destiempo,* ils écrivent des histoires policières, fantastiques ou satiriques, (*Six problèmes pour don Isidro Parodi* et *Nouveaux contes de Bustos Domecq*), des scénarios pour le cinéma, des articles, ils s'occupent de collections de livres, annotent des œuvres classiques, composent des anthologies, traduisent Swedenborg, Poe, Villiers de L'Isle-Adam, Kipling, Wells... Bioy Casares appartient par ailleurs au Comité littéraire de la revue *Sur* et collabore à une maison d'éditions.

(Suite au verso.)

Intelligent, raffiné, sensible, vif et d'une érudition peu commune, Bioy Casares est aussi de ceux qui aiment la nature, l'espace, la terre. Un souvenir de ses années de jeunesse? Né en Argentine en 1914 (mais d'origine béarnaise), son enfance en effet se déroule en marge des livres et des bibliothèques. C'est dans les territoires immenses de la campagne argentine qu'il mène une vie de gaucho. Il conduit les troupeaux, dompte les chevaux, marque les bœufs et les taureaux, garde les brebis et les chèvres.

Aujourd'hui encore, il demeure un être exquis, tendrement ironique; il est juvénile, rayonnant, attentif aux autres, plein d'humour; il est cet aristocrate du savoir, sachant tout sans jamais le laisser paraître.

On le reconnaît dans l'un de ses plus beaux romans, *Journal de la guerre au cochon.* L'origine de cette œuvre insolite remonte au début de l'année 1967. Au départ l'auteur songeait à un conte, et puis l'histoire prenant de l'ampleur est devenue un roman, une méditation sur le destin de l'homme, le vieillissement et la mort.

L'histoire est au fond assez simple. A Buenos Aires des jeunes gens ont décidé de supprimer les « vieux ». C'est d'eux que vient tout le mal. Les jeunes, organisés en groupes d'action terroriste, pourchassent, enlèvent, assassinent en toute quiétude et impunité leurs aînés. La « guerre aux cochons » est déclarée. Les vieux eux-mêmes, victimes de la logique imparable des jeunes, finissent par justifier leur propre extermination. Traqués dans une ville désormais hostile et barbare, ils se faufilent apeurés dans les rues de la ville. Ils n'intéressent plus personne. Ils gênent car ils représentent « l'insidieuse, l'effrayante vieillesse », ce à quoi précisément les jeunes voudraient échapper. En créant la possibilité miraculeuse de rompre le cycle infernal du commencement et de la fin, de la vie et de la mort, les jeunes, par leur action terrifiante et sublime à la fois, choisissent l'illusion romantique d'être eux-mêmes les porteurs de vie, face aux vieux, devenus porteurs de mort. Isidro Vidal sera-t-il sauvé par l'amour d'une jeune fille? De toute façon, la guerre se terminera par la volonté même des combattants. Alors les jeunes iront soigner leurs phobies dans des services de psychiatrie...

Bioy Casares joue volontiers avec les miroirs ou les vertiges littéraires, les vraies illusions, les fausses réalités. Il élabore des constructions irréprochables, des mondes diaboliques qui finissent par devenir plus vrais que les vrais. Comme le note le héros de *Plan d'évasion,* dans son journal : « Toute vision imaginaire devient réelle pour celui qui y croit. » A quel moment glisse-t-on dans le fantastique? A quel moment se laisse-t-on surprendre par le surnaturel? Le roman qui a établi la célébrité mondiale de Bioy Casares, *L'Invention de Morel,* au même titre que son œuvre entière, semble s'amuser précisément *à ne pas répondre* à cette décisive question.

Dans chacun de ses livres, le lecteur est saisi par un climat de violence douce, de mélancolie, d'humour. Il est sensible aux destinées de personnages qui se fracassent comme du verre fragile. L'aventure humaine est pour eux à mi-chemin des fantasmes et de la réalité.

Nicole Chardaire

1

LUNDI 23 – MERCREDI 25 JUIN

ISIDRO VIDAL, qu'on appelait don Isidro dans le quartier, ne sortait pour ainsi dire plus de sa chambre et ne recevait personne depuis huit jours. Certains locataires, et notamment les filles de l'atelier de couture installé dans la grande pièce donnant sur la rue, le rencontraient bien de temps en temps hors de son réduit. Les distances, à l'intérieur de ce vaste immeuble populaire, étaient considérables et, pour aller aux cabinets, il fallait traverser deux cours.

Confiné dans sa chambre, contigüe à celle de son fils Isidorito, il commençait à se sentir complètement coupé du reste du monde. Le jeune homme, qui était surveillant dans une école du soir de la rue Las Heras, prétextant qu'il tombait de sommeil, oubliait régulièrement de rapporter le journal que son père attendait avec impatience et oubliait toujours de porter, comme il l'avait promis, le poste de radio à réparer. Privé de ce vétuste appareil, Vidal regrettait de ne pouvoir écouter les quotidiennes « causeries au coin du feu » d'un certain Farrell qui, à en croire l'opinion publique, était le chef secret des Jeunes Turcs, mouvement qui traversa comme une étoile filante notre longue nuit politique. Devant ses amis, qui détestaient Farrell, il le défendait, assez timidement; il trouvait, à vrai dire, les arguments du caudillo plus virulents que convaincants; il condamnait ses calomnies et ses mensonges, mais il ne cachait pas son admiration pour ses dons d'orateur, pour le timbre chaud de cette voix si typiquement de chez nous et, voulant être objectif, il reconnaissait en lui, comme en tous les démagogues, le mérite de faire prendre conscience de leur propre dignité à des millions de parias.

La cause de cette retraite où il se confinait – et dont la durée risquait de lui faire du tort – était un vague mal de dents qui amenait Vidal à porter sans cesse la main à sa bouche. Un après-midi, alors qu'il revenait des cabinets, il fut surpris de s'entendre adresser la parole :

« Qu'est-ce qui vous arrive? »

Il lâcha sa joue, et considéra, étonné, son interpellateur qui n'était autre que son voisin Bogliolo. Vidal lui répondit aussitôt, fort courtoisement :

« Mais rien, monsieur, rien du tout.

– Comment rien? reprit Bogliolo qui, à le bien regarder, avait un air un peu bizarre. – Pourquoi vous tenez-vous la joue?

– C'est une dent. J'ai mal à une dent. Ce n'est rien », répondit Vidal avec un léger sourire.

Il était plutôt petit, mince, avec des cheveux qui commençaient à se clairsemer et un regard triste, qui devenait tendre quand il souriait. L'autre, un véritable malabar, sortit un carnet de sa poche, griffonna un nom et une adresse, arracha la page et la lui remit en disant :

« Voici l'adresse d'un dentiste. Allez-y aujourd'hui même. Il va vous remettre la bouche à neuf. »

Vidal se rendit chez le dentiste dans l'après-midi. Le praticien lui expliqua, en se frottant les mains, qu'à un certain âge les gencives, comme si elles étaient faites de glaise, se ramollissaient de l'intérieur mais qu'heureusement la science permettait aujourd'hui d'y remédier facilement, par l'extraction de toute la dentition et son remplacement par une autre mieux appropriée. Après avoir indiqué un prix forfaitaire, l'homme avait commencé le massacre et mené patiemment l'opération à son terme en plaçant les nouvelles dents sur les chairs tuméfiées.

« Vous pouvez fermer la bouche », dit-il enfin.

Tout s'y opposait; la douleur, les corps étrangers, sans parler de l'abattement où l'avait plongé une confrontation avec son miroir. Vidal s'était réveillé le lendemain matin mal à l'aise et fiévreux. Son fils lui avait conseillé de retourner chez le dentiste; mais il n'avait plus voulu avoir affaire à cet individu. Il était resté couché, malade et déprimé, sans même oser, pendant les premières vingt-quatre heures, absorber un maté. La faiblesse avait ajouté à son humeur chagrine; la fièvre lui fournissait un prétexte pour rester dans sa chambre et ne pas se montrer.

Le mercredi 25 juin, il résolut d'en finir avec une telle situation. Il irait au café, faire son habituelle partie de truco[1]. Il se dit que le soir était le meilleur moment pour revoir ses amis.

Quand il entra dans le café, Jimmy (Jaime Newman, un fils d'Irlandais qui ne savait pas un mot d'anglais; grand blond, le teint rose, soixante-trois ans) le salua par ces mots :

« Bravo pour ta salle à manger! »

Vidal bavarda un moment avec le pauvre Nestor Labarthe qui avait connu – il l'apprit alors – les mêmes ennuis. Nestor, abaissant et remontant une rangée de dents d'un blanc un peu grisâtre, articula ces paroles mystérieuses :

« Je te signale un inconvénient dont il vaut mieux ne pas parler. »

Les « garçons » installèrent, comme chaque soir, leur table de truco dans ce café Canning de la place Las Heras.

1. Jeu de cartes argentin.

Ce terme de « garçons » employé par eux ne répondait pas, contrairement à ce que prétendait Isidorito, le fils de Vidal, à un désir obscur et inavoué de passer pour des jeunes, mais venait du fait que, l'ayant été autrefois, c'est ainsi qu'ils se désignaient alors entre eux à juste titre, et l'habitude leur en était restée. Isidorito, qui ne décide jamais rien sans avoir consulté une psychanalyste, hoche la tête, et préfère ne pas discuter, laissant son père aux prises avec sa propre argumentation spécieuse. Pour ce qui est de ne pas discuter, Vidal ne peut que l'approuver. Quand on parle, personne ne se comprend. On est pour ou on est contre, comme des meutes de chiens attaquant ou repoussant un ennemi occasionnel. Ce groupe d'amis, par exemple – Vidal s'efforçait, quand il y pensait, de ne pas dire « les garçons » –, tuaient le temps en jouant au truco; ils passaient alors de bons moments, non qu'ils s'entendissent particulièrement bien ou qu'ils eussent vraiment plaisir à être ensemble, mais parce que c'était une habitude qu'ils avaient prise. Ils étaient accoutumés à l'heure, à l'endroit, au Fernet-Branca, aux cartes, à leurs visages, au tissu et à la couleur de leurs vêtements, et le moindre changement à quoi que ce soit dans ce groupe était inconcevable. Un exemple? Si Nestor – par plaisanterie les amis prononçaient Nestor à la française, en mettant l'accent sur la dernière syllabe – ouvrait la bouche pour dire qu'il avait oublié quelque chose, Jimmy, qu'on appelait le Meneur de jeu à cause de sa verve et de sa vivacité d'esprit, achevait la phrase en disant :

« Complè-plè-te-ment. »

Et Dante Révora insistait :

« Ainsi, tu as complè-plè-tement oublié? »

En vain Nestor, avec son air poupin, ses yeux ronds comme ceux d'une poule et son air de toujours parler avec le plus grand sérieux, assurait qu'il s'agissait là d'une faute de prononciation qu'il commettait à l'époque où, aussi incroyable que cela pût paraître, il était un enfant et que cela lui était resté, pour ainsi dire, comme un tic. On ne l'écoutait pas. On l'écoutait encore moins quand il citait l'exemple de Dante qui s'entêtait à prononcer *emmerlé* pour *emmêlé,* sans que cela portât le moins du monde atteinte au respect qu'inspirait sa culture.

Comme la soirée du 25 devait demeurer dans les mémoires comme un rêve, ou plutôt comme un cauchemar, il convient d'en noter quelques détails concrets. Le premier qui me vient à l'esprit, c'est que Vidal perdit toutes les parties. Rien d'étonnant à cela, vu qu'il y avait dans l'équipe adverse Jimmy, absolument dénué de scrupules et qui était la ruse en personne (Vidal lui demandait parfois, pour rire, s'il n'avait pas, tel Faust, vendu son âme au diable), Lucio Arévalo, qui avait gagné de nombreux championnats de truco à La Paloma, rue Santa Fé, et enfin Leandro Rey, surnommé le Grave. Ce dernier, boulanger de son métier, se distinguait des autres « garçons » par le fait qu'il n'était pas retraité et qu'il était espagnol. Bien que ses trois filles – perdues d'ambition – insistassent pour qu'il cessât son négoce et allât flâner avec ses amis place Las Heras, le vieux demeurait solide au poste près de sa caisse enregistreuse. Homme froid et égoïste, âpre au gain, redoutable dans les affaires et à une table de jeu, Rey agaçait les autres par un défaut mineur : il fallait toujours qu'il fût à manger quelque chose, ne serait-ce que le fromage et les olives qu'on servait avec le Fernet, et il se précipitait sans vergogne sur toute nourriture à portée de sa main.

« Quand je le vois se comporter ainsi, disait Vidal, il me soulève le cœur et je l'étranglerais volontiers. » Arévalo, un ex-journaliste qui avait rédigé pendant un certain temps des chroniques théâtrales pour une agence travaillant avec les journaux de province, était le plus instruit d'entre eux. Sans être brillant dans la conversation, il maniait à l'occasion une certaine forme d'ironie créole, pleine de réticence et d'à-propos, qui faisait oublier sa laideur. Celle-ci était aggravée par un manque de soin qui empirait avec l'âge. Menton mal rasé, lunettes ternies, mégot collé à la lèvre inférieure, filets de salive, jaune de nicotine, à la commissure des lèvres, pellicules sur son poncho complétaient le portrait de ce sujet asthmatique et souffreteux. L'équipe de Vidal comprenait ce soir-là Nestor, à qui ses écarts de conduite valaient une certaine indulgence et Dante, un vieillard qui ne s'était jamais distingué par sa vivacité d'esprit et qui aujourd'hui, myope et à moitié sourd, vivait complètement replié sur lui-même.

Je signale, afin que son souvenir persiste dans nos mémoires, un autre détail de cette soirée : le froid[1]. Il faisait si froid que tout le monde dans le café passait son temps à se réchauffer les mains en soufflant dedans. Vidal, qui restait persuadé qu'il y avait une fenêtre ouverte, regardait sans cesse autour de lui. Dante, qui se fâchait quand il perdait (son engouement pour l'équipe de football « Les Excursionnistes » aurait dû pourtant lui apprendre à supporter les défaites avec philosophie), lui reprochait de ne pas suivre d'assez près la partie. Jimmy, tendant un index vers Vidal, s'écria :

« Le petit vieux fait notre jeu. »

Vidal regarda son museau pointu et humide, sa moustache qui peut-être en raison de la température hivernale lui parut givrée, et il ne put s'empêcher d'admirer le culot de son ami.

« Le froid me réussit, déclara Nestor. Aussi, messieurs, gare à vous ! »

Il posa triomphalement une carte sur le tapis. Arévalo récita :

Et si l'argent vient à manquer
Je n'en ferai pas une maladie
Si je perds ce soir au « truco »
Demain je gagne aux osselets.

1. Rappelons que nous sommes dans l'hémisphère Sud où les saisons sont inversées par rapport aux nôtres.

« Atout! lança Nestor.
– Je prends », dit Arévalo et il abattit une carte plus forte.

Don Manuel, le vendeur de journaux, entra et but au comptoir son petit verre de rouge puis, comme d'habitude, il partit en laissant la porte entrouverte. Vidal, toujours agacé par les courants d'air, se leva et alla la fermer. Il regagnait sa place quand il faillit se cogner, au milieu de la salle, à une vieille femme décharnée, couverte d'oripeaux et illustrant parfaitement cette pensée de Jimmy : « Qu'est-ce qu'elle n'invente pas la vieillesse, en fait de laideur! » Vidal s'écarta en murmurant :

« Au diable la vieille! »

Il faut dire qu'il avait d'abord rendu cette femme responsable du courant d'air qui, pour un peu, lui donnait une bronchite, et il s'était plaint intérieurement de ces personnes qui, se prenant pour des impératrices ne daignent jamais fermer leur porte. Puis il se rendit compte du mal fondé de son accusation, car l'auteur de cet entrebâillement de la porte n'était autre que le pauvre vendeur de journaux. A la vieille, il ne pouvait reprocher que sa vieillesse. Il aurait pu aussi lui demander, en dissimulant à peine son irritation, ce qu'elle venait faire à une heure pareille dans ce café. La réponse aurait été immédiate, car la femme disparut derrière la porte qui indiquait *Dames*, d'où personne, d'ailleurs, ne la vit ressortir.

Ils continuèrent la partie encore une vingtaine de minutes. Pour s'attirer la chance, Vidal eut recours aux moyens les plus classiques : il fit preuve de patience et de résignation. Mais il ne fallait pas non plus se montrer maladroit. Tout joueur intelligent assure que la chance préfère qu'on lui emboîte le pas, elle abandonne celui qui la contrecarre. Sans jeu, et avec de tels partenaires, comment gagner? Après avoir perdu la cinquième manche, Vidal annonça :

« Messieurs, il est temps de lever le camp. »

Ils firent les totaux, divisèrent, Dante paya la partie et l'addition, ses camarades lui remboursèrent en protestant, leur quote-part. Devant le maigre pourboire laissé par Dante, ce fut comme toujours un tollé général :

« Moi, je ne connais plus cet individu, déclara Arévalo.

– Tu ne peux pas laisser ça », protesta Jimmy.

On lui reprochait, en plaisantant, d'être avare.

Tout en conversant avec entrain, ils sortirent et affrontèrent le mauvais temps. Puis ils se turent, saisis par le froid. Un épais brouillard tombait en bruine et entourait d'un halo blanc les réverbères. Quelqu'un dit :

« Cette humidité va nous pourrir les os.

– Elle fait déjà mal à la gorge », fit observer Rey d'un air sentencieux.

Plusieurs d'entre eux s'étaient en effet mis à tousser. Ils prirent l'avenue Cabello, en direction des rues Paunero et Bulnes.

« Quel sale temps ! » dit Nestor.

Arévalo remarqua d'un ton doucement ironique qui lui était familier :

« On dirait qu'il va pleuvoir. »

Ils ne purent s'empêcher de rire quand Dante annonça .

« Cela nous rafraîchira. »

Jimmy, le Meneur de jeu, résuma la situation .

« Brrr », dit-il.

La vie de société est le meilleur bâton de vieillesse pour aborder les vicissitudes du grand âge. Je reprendrai leurs propres termes en disant que, malgré ce froid rigoureux, le groupe se sentait plein de vigueur. Plaisantant et devisant gaiement, ils poursuivaient un agréable dialogue de sourds. Les gagnants parlaient du truco et les autres échangeaient de brefs commentaires sur le temps. Arévalo, qui avait le don d'observer du dehors toutes les situations, même celles dans lesquelles il figurait, dit comme s'il se parlait à lui-même :

« Nous avons passé une vraie soirée de jeunes. Nous n'avons jamais cessé de l'être. Pourquoi les jeunes de maintenant ne le comprennent-ils pas? »

Ils marchaient, tellement absorbés par leurs propos, qu'ils n'entendirent pas tout de suite une clameur qui venait du passage El Lazo. Des cris, soudain, les firent sursauter et ils virent alors qu'un groupe s'était formé et regardait attentivement en directon de la ruelle.

« On tue un chien, avança Dante.

– Attention, dit Vidal. Il est peut-être enragé.

– C'est des rats », opina Rey.

Des chiens, des rats, toute une multitude de chats, rôdaient dans ce passage qui servait de dépotoir au marché voisin. La curiosité étant plus forte que la peur, nos amis avancèrent de quelques mètres. Ils entendirent d'abord confusément puis très distinctement, des injures, des coups, des gémissements, des bruits de ferraille et de tôle, le halètement d'une respiration. De la pénombre surgissait, dans la clarté blanchâtre, une troupe de garçons surexcités et hurlants, armés de matraques et de barres de fer, qui assommaient de coups frénétiques une masse gisant au milieu des poubelles et des tas d'ordures. Vidal entrevit les visages aux regards furibonds de garçons très jeunes, paraissant hors d'eux, emportés par leur colère. Arévalo dit à voix basse :

« Ce que tu vois, par terre, c'est don Manuel, le vendeur de journaux. »

Vidal aperçut le pauvre vieux à genoux, le buste penché en avant, couvrant de ses mains ensanglantées sa tête tuméfiée qu'il essayait encore de protéger à l'aide d'une poubelle.

« Il faut faire quelque chose, s'écria Vidal d'une voix étranglée, avant qu'ils ne l'achèvent.

– Tais-toi, ordonna Jimmy. Ne nous faisons pas remarquer. »

Se sentant plein de courage pour autant que ses amis le retenaient, Vidal insista :

« Allons-y. Ils vont le tuer. »
Arévalo observa flegmatiquement :
« Il est déjà mort.
– Mais pourquoi? » demanda Vidal, un peu égaré.
Jimmy lui murmura amicalement à l'oreille :
« Tais-toi donc. »

Jimmy s'était éloigné un instant. Cherchant à le rejoindre, Vidal vit un couple qui regardait cette tuerie d'un air désapprobateur. Le jeune homme, portant des lunettes, serrait des livres sous son bras; elle, avait l'air d'une jeune fille comme il faut. Quêtant un appui moral comme il en avait si souvent trouvé auprès d'inconnus croisés dans la rue, Vidal s'écria :

« Quelle sauvagerie! »

Elle ouvrit son sac, en tira une paire de lunettes rondes, et, très calmement, les plaça sur son nez. Ils tournèrent vers Vidal leurs deux visages et, imperturbables, le regardèrent de derrière leurs lunettes. La jeune fille affirma en détachant chacun de ses mots :

« Je suis contre toute violence. »

Sans s'arrêter à relever la froideur de ces mots, Vidal tenta de se les concilier :

« Nous ne pouvons rien faire, mais la police, alors, à quoi sert-elle?

– Grand-père, ce n'est pas le moment de rester planté là, lui conseilla le jeune homme d'un ton presque amical. Pourquoi ne vous en allez-vous pas, avant qu'il ne vous arrive quelque chose? »

Ce terme de grand-père qui était injustifié – Isidorito n'avait pas d'enfants et il était certain de paraître, malgré son début de calvitie, plus jeune que son âge – sans doute le blessa-t-il, et il en conclut qu'il n'avait plus qu'à s'en aller. Il voulut rejoindre le groupe de ses amis, mais il ne put les retrouver. Il était un peu désorienté, sans personne à qui parler, avec qui commenter ce tragique incident.

Il arriva jusqu'à sa maison, qui faisait face à l'atelier du fabricant de housses de voitures, rue Paunero. Sa chambre lui parut inhospitalière. Il se sentait envahir, depuis quelque temps, par une invincible tristesse qui modifiait l'aspect des choses les plus familières. Le soir, il voyait dans les objets de sa chambre des témoins impassibles et hostiles. Il essaya de ne pas faire de bruit : dans la pièce à côté dormait son fils qui se couchait tard parce qu'il travaillait à l'école du soir. Dès qu'il eut rabattu sur lui ses couvertures, il se demanda avec inquiétude s'il n'allait pas passer une nuit blanche. Aucune position ne lui convenait. Plus il réfléchissait et plus il s'agitait; allez dire après cela que le moral n'agit pas sur le physique! La scène à laquelle il avait assisté revivait maintenant dans sa mémoire avec une netteté intolérable, et il changeait de position dans l'espoir de chasser toute vision et tout souvenir. Au bout d'un moment il pensa que peut-être la satisfaction d'un certain besoin lui changerait les idées; il irait aux cabinets, ne serait-ce que pour être sûr de dormir tranquille. La traversée des deux cours, par les nuits glaciales, le faisait toujours reculer; mais il ne voulait pas qu'un doute sur l'éventuelle utilité de ce voyage pût le maintenir éveillé.

Quand il se trouvait, au milieu de la nuit, dans l'inhospitalière dépendance du fond – froide, obscure, malodorante – il se sentait toujours déprimé. Les raisons de l'être manquent rarement, mais pourquoi affluaient-elles précisément à cette heure et en ce lieu? Pour oublier le vendeur de journaux et ses agresseurs il évoqua une époque, à peine croyable aujourd'hui, où l'aventure galante n'était pas exclue de sa vie. Le point culminant de sa carrière amoureuse avait été cet après-midi où, sans savoir comment, il s'était retrouvé dans les bras d'une fille appelée Nélida, dont la mère Mme Carmen, cuisinière de son métier, travaillait dans les beaux quartiers de la ville. Nélida vivait alors avec sa mère dans l'une des pièces donnant sur la rue, là où était installé maintenant l'atelier de couture. Par un curieux hasard le souvenir de la fin de cette aventure coïncidait avec une autre vision, navrante pour Vidal – il ne savait trop pourquoi – et répugnante, celle d'un vieillard excité et pris de vin, poursuivant Mme Carmen en brandissant un long couteau. Il gardait de Nélida, dans une malle où il conservait de vieilles affaires et des souvenirs de ses parents, une photographie qu'on avait prise d'eux dans la roseraie et un ruban décoloré. Les temps avaient changé. Autrefois, quand il croisait une femme aux cabinets, tous deux se mettaient à rire; maintenant il s'excusait et s'éloignait rapidement, pour qu'on ne le prît pas pour un maniaque ou pire encore. Peut-être était-ce cette dégradation de sa position dans la société qui le rendait mélancolique. Le fait est qu'il y avait des mois, des années même, qu'il ne s'était laissé aller au vice des souvenirs; comme tout vice, il distrayait d'abord puis, à la longue, il vous taraudait et devenait nocif. Il se dit qu'il allait être fatigué le lendemain et il se hâta de regagner sa chambre. Une fois au lit, il fit avec une relative lucidité – mauvais symptôme pour un insomniaque – cette constatation : « Je suis arrivé à un stade de la vie où la fatigue ne fait pas dormir et où le sommeil n'apporte pas forcément le repos. » Se retournant sur sa couche, il pensa de nouveau au crime dont il avait été le témoin et, pour surmonter peut-être l'obsession que lui causait ce cadavre qu'il avait d'abord vu de ses yeux et qu'il imaginait maintenant, il se demanda si le mort était bien le vendeur de journaux. Il fut pris d'un espoir insensé, comme si le sort de ce pauvre homme était capital pour lui; il fut tenté de se le représenter déambulant dans les rues, courant et annonçant les titres des manchettes, mais il n'osa s'abandonner à son imagination, craignant une désillusion. Il se rappela la phrase de la jeune fille aux lunettes : « Je suis contre toute violence. » Combien de fois avait-il entendu cette phrase sans lui prêter la moindre signification! Maintenant, au moment même où il se disait : « Quelle fille prétentieuse! », il en comprit pour la première fois le sens.

Il échafauda alors une théorie sur la violence, assez juste, qu'il oublia malheureusement aussitôt. Il constata qu'en des nuits comme celle-ci, où il aurait donné n'importe quoi pour dormir, sa pensée allait et venait au rythme alerte d'un article de journal.

Quand les oiseaux commencèrent à chanter et que la lumière de l'aube s'infiltra par la fente des volets, il s'affligea pour de bon d'avoir passé une nuit blanche. C'est à ce moment qu'il s'endormit.

2

JEUDI 26 JUIN

Il se réveilla, impatient de se rendre à la veillée funèbre. Ces derniers temps, il s'impatientait facilement.

Il se prépara sur un réchaud à pétrole du maté qu'il absorba à la va-vite, tout en mordant à deux ou trois reprises dans un croûton de pain rassis. Son petit déjeuner était rigoureusement dosé; il ne se permettait aucun excès dans le maté ou le pain, de peur d'éprouver aussitôt cette lourdeur qui l'effrayait un peu. Il se lava les pieds, les mains, le visage, le cou. Il se peigna en s'aspergeant les cheveux d'une lotion à la violette et de brillantine. Sitôt habillé, il se présenta dans l'atelier de couture et demanda la permission de téléphoner. Son dentier était devenu pour lui une véritable obsession. Il aurait juré que les jeunes filles le dévisageaient et se le désignaient comme s'il était un monstre ou le premier homme peut-être à porter un dentier. Un détail lui parut singulier : contre son attente, il ne surprit aucun sourire, rien qui eût l'air d'une moquerie. Il vit des expressions graves, préoccupées, surprises, pour ne pas dire apeurées ou même irritées. Tout cela lui parut inexplicable.

Il appela Jimmy, mais n'obtint pas sa communication.

Chez Rey, une des filles l'informa que son père était sorti et lui conseilla de ne plus les déranger. Entre-temps, une des petites de l'atelier, une blonde au teint clair, appelée Nélida, qui lui rappelait, ne serait-ce que par le nom, sa Nélida de jadis, le regardait avec une sorte d'insistance, comme si elle avait quelque chose à lui dire. Si elle désirait vraiment lui parler, elle en aurait facilement l'occasion, car elle habitait dans la maison (dans le logement de son amie Antonia et de sa mère, Mme Dalmacia). Vidal n'aimait pas qu'on le regardât quand il téléphonait. Il se troublait comme si on venait le distraire dans une épreuve difficile; il était d'autant plus gêné qu'on l'observe quand son rôle dans la conversation était peu reluisant. De la puérilité? Vidal se demandait si la seule chose que la vie nous apprend avec les années n'est pas à nous accommoder de nos propres déficiences. Il observa à la dérobée ces yeux qui l'observaient, cette peau toute proche, le tricot moulant la poitrine, et il se dit que pour celui qui apprécie la beauté il n'y a rien de tel que la jeunesse. Avec une soudaine angoisse, il pensa aussi que les filles de cet âge sont capables de n'importe quelle folie, mais que lui, planté là, avec son air de ne rien comprendre, il allait passer pour un sot. Il déposa près de l'appareil le montant des communications et il s'en alla pour ne pas abuser du téléphone.

Il irait au restaurant et il pourrait parler tout à son aise de la cabine publique. De plus, il achèterait le journal, pour voir si on mettait déjà en paiement, comme le prétendaient Faber et les autres, la pension de mai. Avant de sortir il s'assura que le gardien de l'immeuble, un galicien argentinisé et anarchiste, qui défendait jalousement les intérêts du propriétaire, ne rôdait pas dans les parages. Par bonheur il ne vit pas non plus, près du portail, M. Bogliolo qui, par une secrète haine envers le genre humain, servait de policier bénévole au galicien. Jusqu'aux environs du 20, date à laquelle il touchait habituellement sa pension et payait son loyer mensuel, Vidal évitait soigneusement ces deux individus.

Il prenait plaisir, quand il faisait beau, à se promener dans le quartier, à se dégourdir les jambes, comme disait Jimmy. Le ciel ce matin était clair mais, comme l'avaient prédit « les garçons », le froid n'avait pas cédé. Sitôt dehors, il remarqua que l'atelier du tapissier fabricant de housses était fermé.

« Tiens, il n'est pas encore midi, pensa-t-il, surpris sans plus, et ils ont déjà baissé leur rideau. Les gens aujourd'hui ne veulent plus travailler. On se la coule douce! »

Il constata qu'il trouvait toujours un prétexte pour parler tout haut et pour émettre une sentence morale.

Le téléphone du restaurant portait, comme d'habitude, l'écriteau *En dérangement*. Tout en marchant dans la rue Las Heras, en direction de la place, il se demanda, toujours à haute voix, pourquoi la ville ce matin lui paraissait plus belle et plus gaie? Certains passants, à vrai dire, le dévisageaient avec insistance, d'une manière qui le gênait. Il trouva étrange qu'un dentier attirât tellement l'attention : « Après tout, se disait-il, ce dentier est à l'intérieur de ma bouche, ou presque. » Son râtelier et les regards qu'il attirait étaient-ils la cause de cette impression d'angoisse qu'il éprouvait? Non, il fallait la chercher plutôt dans les charmes de cette jeune fille, qui s'était peut-être offerte, et dans sa retraite à lui, rapide comme une fuite. Sa timidité avait augmenté inexplicablement avec les années; comme s'il n'était pas sûr de lui, à tout hasard il battait chaque fois en retraite. Ou bien fallait-il chercher la véritable cause de son angoisse dans le fait qu'il attendait le paiement de sa pension, que ces soucis d'argent étaient maintenant devenus primordiaux?

Après un salut cordial, empreint d'une affabilité simple mais chaleureuse, il demanda au marchand de journaux du carrefour des rues Salguero et Las Heras :

« Où veille-t-on don Manuel?

– On ne l'a pas encore sorti de la morgue, répondit

l'homme sur un ton que Vidal n'hésita pas à qualifier d'indifférent.

– La semaine anglaise, supposa Vidal en clignant de l'œil. Je parie que le médecin légiste profite de son congé de fin de semaine et ne veut pas entendre parler de cadavres. »

Il sentit tout à coup que ses propos, ou Dieu sait quoi, déplaisaient à cet individu. Cette seule pensée l'indigna. Le défunt n'était-il pas un vendeur de journaux, un collègue de ce jeune malotru? L'exquise déférence qu'il lui manifestait, d'autant plus appréciable qu'elle venait de quelqu'un d'étranger à la corporation, méritait-elle ce dédain? Il se dit qu'il n'était pas nécessaire de semer le vent pour récolter la tempête. Sa foi en l'instinctive solidarité humaine le poussa à faire une seconde tentative :

« On le veille rue Gallo?

– C'est vous qui le dites.

– Vous y allez? insista-t-il.

– Pour quelle raison?

– Heu... moi je pense y aller. »

Profitant peut-être de ce qu'une fillette était venue lui demander un illustré, le jeune rustre lui avait tourné le dos. Vidal se dit que, pour éviter une humiliation totale, il ne lui achèterait pas son journal. Il s'en allait, déprimé, quand il entendit cette phrase qui le déconcerta :

« Les provocateurs n'ont que ce qu'ils méritent. »

Il envisagea la possibilité de demander des explications, mais il évoqua la forte carrure, les muscles saillants sous la veste étriquée et il dut reconnaître qu'il se réveillait certains jours avec une douleur dans les reins, une raideur dans la colonne vertébrale, à croire qu'il devenait infirme. L'acceptation par l'homme de ses propres limites peut parfois tenir lieu de sagesse.

Il traversa la place en diagonale non sans s'arrêter devant la statue du général Las Heras pour y lire l'inscription. Il la savait par cœur, mais il ne passait jamais par là sans la relire. Il se dit, dans un élan généreux, que ce pays, à l'époque de ses guerres, avait dû savoir pratiquer l'amitié.

Du téléphone public du café, il essaya en vain de joindre ses amis. Chez Arévalo, personne ne répondait. La voisine de Nestor, qui acceptait habituellement d'aller le chercher (si on prenait d'abord des nouvelles de sa santé et de celle des membres de sa famille), proféra quelques insultes à voix basse et coupa la communication. Toujours intéressé par la météorologie, Vidal observa que si la température était peut-être en hausse, l'humeur des gens restait fraîche. Dans une nouvelle tentative pour joindre Jimmy, il utilisa sa dernière pièce de monnaie. Il se félicita que la bonne, un être primitif, qui savait à peine parler et ne comprenait rien, n'ait pas décroché. C'est Eulalia, la nièce de Jimmy, qui lui répondit :

« Il ira vous voir chez vous dans l'après-midi. J'ai essayé de l'en dissuader, monsieur, mais il m'a dit qu'il irait. »

Vidal n'avait pas fini de la remercier de son amabilité, qu'Eulalia avait raccroché. Il se dirigea vers la boulangerie. En passant devant la ruelle El Lazo, les souvenirs du cauchemar de la nuit passée l'attristèrent. Il remarqua avec une certaine contrariété que l'endroit avait repris son aspect habituel, qu'il ne restait aucun vestige, aucune trace de ce qui s'était passé. Il n'y avait même pas un gardien de la paix. S'il n'y avait pas eu le tas d'ordures, il aurait pu croire que la mort du vendeur de journaux n'avait été qu'une hallucination. Vidal savait bien que la vie poursuit son cours, qu'elle nous laisse en arrière, mais il se demanda pourquoi on avait voulu agir aussi vite. Sur l'emplacement même où quelques heures auparavant un travailleur était mort assassiné, une bande d'enfants jouait au ballon. Etait-il le seul à voir là une profanation? Il fut aussi choqué d'entendre ces mêmes enfants, qui le regardaient avec des mines faussement ingénues qui traduisaient leur mépris, entamer en chœur ce couplet :

Voici que vient le printemps
Qui fait reverdir la vieillesse.

Vidal se dit qu'il avait fait dernièrement des progrès dans l'art méritoire, quoique purement passif, de ne pas entendre les paroles désobligeantes.

En passant devant une maison en démolition, il vit une pièce dépourvue de son plafond mais encore enclose dans ses pans de mur et il se dit : « Ce devait être un salon. » Dans la boulangerie, une surprise l'attendait. Leandro Rey n'était pas à son poste derrière sa caisse enregistreuse. Il demanda à l'une de ses filles :

« Don Leandro n'est pas malade? »

Sa sollicitude fut mal accueillie. A voix assez haute, peut-être pour se faire valoir, sur un petit ton sec, remuant ses lèvres peintes, grosses et humides, comme si elle s'appliquait à confectionner un nœud de ruban pour un cadeau, la jeune fille interpella Vidal :

« Vous ne voyez donc pas qu'il y a du monde? Si vous n'achetez rien, veuillez vous retirer. »

Rendu muet par cette rudesse injustifiée, il ne trouva rien à répondre. Pour sauvegarder sa dignité, il n'avait plus qu'à tourner les talons et à sortir. Avec un incroyable sang-froid, sans qu'un muscle de son visage ne bougeât, il attendit d'avoir retrouvé l'usage de la parole; alors, au milieu de l'attente générale, il articula cette énumération :

« Six brioches, quatre croissants et un petit bâtard. »

Des rires contenus accueillirent ce petit bâtard. Pourquoi ne s'était-il pas éloigné dignement? Parce qu'il aimait le pain de chez Leandro. Parce que les autres boulangeries étaient trop éloignées. Parce qu'il n'aurait pas su quelle explication donner à son ami, si demain il lui demandait pourquoi il n'achetait plus son pain dans sa boutique. Parce que dernièrement il avait pris goût à la fidélité : il était fidèle à ses amis, aux lieux qu'il fréquentait, à chacun de ses fournisseurs et à chacune de leurs boutiques, à ses horaires, à ses habitudes.

Les gens affirment que beaucoup d'explications sont moins convaincantes qu'une seule, mais, en vérité, il y a presque toujours plusieurs raisons à tout. Il semblerait qu'il y ait toujours avantage à s'écarter de la simple vérité.

3

IL voulut passer chez lui, déposer son paquet. Dans l'entrée de l'immeuble, pensivement appuyé sur son balai, le gardien bavardait avec Antonia, une des ouvrières de l'atelier de couture. Vidal, qui n'eut pas le temps de rebrousser chemin sans être vu, entendit au passage les mots *il y a des gens, l'essentiel, scandale* et une phrase tout entière :

« On ne paie pas son loyer, mais on s'offre des brioches et le restaurant. »

Sa porte refermée, il se sentit enfin en sécurité. Cet homme le harcelait sans s'acharner vraiment contre lui. Le plus désagréable des concierges d'aujourd'hui était un être bienveillant comparé à ceux, quasi mythologiques, de sa jeunesse, de ce qu'il appelait le bon temps; pour rien, alors, on vous mettait dehors. En outre, le Galicien avait dit la vérité : lui et son fils ne vivaient que des gains de ce dernier (son salaire au collège et ses commissions sur la vente de produits pharmaceutiques) et ils ne songeaient à payer leur loyer que lorsque l'Etat songeait à lui payer sa pension. Vidal se dit que rester honnête quand on est pauvre était plus difficile qu'on ne le croit, et il ajouta : « Plus encore aujourd'hui qu'autrefois, et on en retire beaucoup moins de considération. »

Une fois chez lui, il passa brusquement du soulagement à l'anxiété. Après tant de jours à jeûner, il se sentait faible, il avait besoin de manger. Combien de temps allait durer ce dialogue sous le porche? Il essaya de penser aux avantages qu'offrait la pauvreté. En ce qui le concernait, elle lui imposait des humiliations et l'obligeait à des ruses d'enfant, sans pour cela le faire accéder à cette respectabilité qui va si bien de pair avec la vieillesse (« celle d'un Rey, d'un Dante ou d'un Nestor », se dit-il).

Il entendit alors des coups, la rumeur d'un tumulte, les cris perçants du gardien et d'autres personnes. Il eut un frisson en se rappelant la scène de la nuit passée. Il se dit que le gardien était de mauvaise humeur et qu'il devait éviter à tout prix de le rencontrer. Quand le silence revint, la faim revint aussi; cette dernière fut plus forte que la prudence et le poussa hors de sa chambre. Le gardien, par une chance incroyable, n'était plus sous le porche. Il n'y avait personne. Il franchit le seuil, tourna à droite, et se dirigea vers le restaurant qui faisait le coin. Il déjeuna royalement, de mets faciles à mâcher, qui ne risquaient pas de déplacer son dentier. Il exprima tout haut sa satisfaction :

« On comprend que les chauffeurs de taxis, qui voyagent et qui savent vivre, aient choisi cet endroit. »

Il croisa en sortant M. Bogliolo, *alias* Boutefeu. Vidal le salua. Ce grossier personnage fit mine de ne pas le voir. Il réfléchissait encore à cet affront quand son attention fut attirée par un spectacle sinistre mais somptueux : une file de voitures noires d'une entreprise de pompes funèbres devant l'atelier du tapissier. Il s'approcha d'une des fenêtres de l'atelier. Des groupes de gens se tenaient à l'intérieur.

« Qu'est-ce qui se passe? » demanda-t-il.

L'individu en noir qui était devant la porte lui répondit :

« M. Hubermann est décédé.

– Mon Dieu, quel malheur! » s'exclama-t-il.

Bien qu'il tombât de sommeil, il remit résolument sa sieste à plus tard pour se joindre aux gens qui venaient pour la cérémonie funèbre. Certains souvenirs – il cultivait les souvenirs, qu'il promouvait au rang de traditions – le liaient à la famille Hubermann. L'idée de partager pendant quelques moments la tristesse de ces gens ne lui déplaisait pas.

Pauvre tapissier, avec son crâne chauve constellé de taches de rousseur et ses oreilles en éventail! La moindre plaisanterie tombant de ses lèvres émerveillait Vidal qui se disait, stupéfait : « C'est incroyable! non seulement il coupe ses tissus et il encaisse l'argent, mais il a encore le temps de plaisanter. » Madelon, la fille d'Hubermann, était blonde et, elle aussi, pleine de taches de rousseur. Elle était d'un naturel gai et sa frimousse ne manquait pas de charme. Vidal lui avait fait, jadis, une cour assez prometteuse, mais il avait bientôt pris ses distances, s'apercevant qu'elle était de ces jeunes filles qui vous proposent tout le temps de sortir en groupe. Avant de s'en apercevoir, il était déjà intime avec les amis et les parents, et tous ces étrangers en étaient venus à la considérer comme faisant partie de la famille. Il ne risquait rien, du moins aimait-il à se le répéter, mais ces sortes de fiançailles officieuses suffisaient à l'humilier. La maladresse des femmes! Quand il leur parlait en imagination – allez dire ensuite que la transmission de pensée existe! – il leur recommandait de ne jamais lui forcer la main. Mais, en fait, si elles n'insistaient pas, il les quittait de la même façon. Pour avoir quitté trop vite Madelon, il lui en était resté comme une sorte de nostalgie. Madelon, on l'a dit, était blonde, avec des taches de rousseur, avec des yeux rieurs; elle était très jeune et, bien qu'aujourd'hui on puisse en douter, elle était jolie. Ces dernières années il ne l'avait revue que rarement : elle était devenue une grosse femme revêche, au grand corps sans grâce, au visage démesurément allongé, couvert de vilains grains de beauté et de verrues repoussantes. Comme par un curieux effet de sa mémoire, il oubliait l'image actuelle de Madelon et il était toujours surpris de la voir apparaître dans sa réalité. Il croyait chaque fois que Madelon était restée la jeune fille d'autrefois; pour peu qu'il fût distrait, il s'imaginait que cette jeune fille était probablement cachée quelque part et que, s'il se donnait la peine de la chercher, il finirait sans doute par la trouver.

C'est Madelon dans son apparence de maintenant, hommasse et vulgaire, qu'il aperçut d'abord en pénétrant dans la maison. Comme elle n'était pas rancunière, elle ne l'eut pas tôt vu qu'elle fondit en larmes sur son épaule.

« Toutes mes condoléances, dit Vidal. Que s'est-il passé? »

Sur le ton dont on répète une fois de plus une explication, Madelon raconta :

« Le pauvre revenait dans sa petite voiture par la rue Las Heras, et en arrivant à Pueyrredon...

– Que dis-tu?... »

Vidal pensa que cette femme, à cause du deuil, parlait à voix particulièrement basse, ou bien qu'il devenait sourd.

« En arrivant à Pueyrredon, il fut arrêté par un feu rouge. Il s'apprêtait à obéir au signal vert, qui était apparu, quand la chose arriva.

– Que dis-tu?... »

La femme répéta son explication et il perdit encore une bonne partie de ses paroles. Il se dit qu'aujourd'hui les gens n'articulent plus, parlent la bouche fermée, en regardant ailleurs. Avec une certaine affectation, il murmura à son voisin de gauche :

« Cette fille n'articule pas convenablement.

– Quelle fille? »

Madelon reprit un instant sa voix normale pour lui demander :

« Huguito vient de partir.

– Huguito? répéta-t-il sans comprendre.

– Huguito, insista-t-elle. Huguito Bogliolo.

– Boutefeu? Nous nous sommes croisés tout à l'heure et il ne m'a pas salué.

– C'est curieux. Il ne t'aura pas vu.

– Il m'a très bien vu. Tous ces jours-ci, il était l'amabilité même.

– Comment aurait-il pu ne pas te saluer?

– S'il a été aimable l'autre jour c'était pour me jouer un tour. Il s'était laissé prendre, et, pour se venger, il s'est bien moqué de moi.

– Comment s'est-il fait avoir?

– Comme je me suis laissé faire moi-même. Le coup du dentier. Tu n'as pas remarqué? »

Il découvrit ses dents en un large sourire. Il était généralement coquet avec les femmes, mais une fois n'est pas coutume.

Il sentait le sommeil le gagner de nouveau quand entra dans le salon l'homme en noir qui stationnait devant la porte, et il y eut un mouvement dans l'assistance. Vidal pensa avec effroi que si Madelon lui demandait de l'accompagner au cimetière, il devrait renoncer à sa sieste. Il s'écarta d'elle un instant, comme s'il cherchait à parler à quelqu'un d'autre. Sur le seuil, il surmonta sa tentation de jeter un regard en arrière et il se faufila dehors. Il traversa aussitôt la rue pour regagner sa maison.

Il faisait un tel froid qu'une couverture et un poncho ne suffirent pas à le réchauffer dans son lit. Il y ajouta son manteau. Il se mit à penser qu'il était en proie, ces temps derniers, à de surprenants accès de neurasthénie, car la vue de son lit à moitié couvert par son vieux manteau marron, taché et élimé, le déprimait. Ces temps derniers, la sieste lui réussissait particulièrement bien. Vidal se rappelait d'autres temps où il se réveillait de mauvaise humeur, mal à son aise. Maintenant il se sentait pendant un moment tout rajeuni comme après s'être rasé. Par contre, il attendait la nuit avec angoisse parce qu'il se réveillait au bout de quelques heures – une mauvaise habitude – et se mettait fatalement à penser à des choses tristes.

Il dormit une demi-heure. En mettant de l'eau à chauffer pour son maté, il pensa qu'au cours d'une existence, aussi brève soit-elle, on est successivement deux ou trois hommes; en ce qui concerne le maté, il avait été un homme qui l'aimait toujours amer, puis un autre qui n'en buvait pas parce qu'il lui faisait du mal, et maintenant il avait pris goût aux matés sucrés. Il s'apprêtait à verser l'eau bouillante sur les feuilles de maté, quand Jimmy entra. Etait-ce le froid qui lui amenuisait le nez et le menton en forme de museau de renard? Cet être, chez qui l'intelligence s'alliait à un instinct presque animal, avait l'habitude d'arriver chez ses amis quand ceux-ci se mettaient à table. Jimmy, d'une main, s'empara résolument d'une brioche, et posa l'autre sur les croissants. Vidal après un court moment d'irritation, s'en félicita car ces pâtisseries, achetées sans doute dans l'espoir enfantin de retarder l'heure de la décrépitude, provoquaient d'ordinaire toute une série de dérangements dans son appareil digestif.

Après avoir goûté le premier son maté, ce qui était toujours courtois et en l'occurrence prudent, Vidal demanda à son ami, en lui passant le pot à tisane :

« Où le veille-t-on?

– Qui donc? » demanda Jimmy, comme s'il n'avait pas compris.

Plutôt que distrait, il semblait tendu, comme un joueur qui suppute un coup de cartes.

« Le vendeur de journaux, précisa Vidal, sans s'impatienter.

– Tu as des pensées gaies ce matin.

– Pense à la façon dont on l'a tué. Nous avons un devoir de solidarité.

– Il vaut mieux ne pas se faire remarquer.

– Et le devoir de solidarité?

– Cela passe après.

– Et qu'est-ce qui passe avant? demanda Vidal un peu fâché.

– Qu'est-ce qui passe avant? Ta manie de ne jamais manquer une veillée funèbre et un enterrement. A un certain âge, on transporte son club au cimetière.

– Tu veux que je te dise quelque chose? Je me suis échappé de chez Hubermann pour ne pas aller à l'enterrement.

– Ce n'est pas une preuve. Tu devais avoir envie de faire la sieste. »

Vidal se tut. Comme il était inutile de dissimuler devant Jimmy, il lui tapa sur l'épaule et lui dit :

« Me croiras-tu? C'est l'impatience de savoir où on le veillait qui m'a réveillé ce matin.

– L'impatience est un chapitre à part, observa Jimmy, implacablement.

– Un chapitre à part?

– L'impatience et la colère ne nous quittent jamais. Vois, par exemple, cette guerre.

– Quelle guerre? »

Comme si lui aussi devenait sourd, Jimmy continua :

« A un certain âge...

– Cette expression m'agace, prévint Vidal.

– Moi aussi. Cependant, je ne peux nier qu'à un certain âge on perd son contrôle.

– Quel contrôle? »

Jimmy poursuivit sans l'entendre :

« Il s'use comme tout le reste et on ne se retient plus. Un exemple? Partout, les premiers à arriver, ce sont les vieux.

– Incroyable! reconnut Vidal avec admiration. Je ne suis pas vieux, mais c'est mon cas.

– Mauvaise combinaison, en somme : impatience et réflexes lents. Pas étonnant qu'on ne nous aime pas.

– Qui ne nous aime pas? »

Au lieu de répondre, Jimmy demanda :

« Tu t'entends bien avec ton fils?

– Parfaitement bien, répondit Vidal. Pourquoi?

– Le plus verni, c'est Nestor. Ils ont l'air d'être frères, son fils et lui. »

Vidal enchaîna aussitôt et se lança dans une de ses théories favorites. Ayant formulé le premier axiome : « Garder ses distances, ce qui crée des situations nettes » (mots qui ne rencontrèrent pas en l'occurrence l'approbation habituelle), il se sentit en veine d'exposer des arguments qu'il avait mis au point au cours de méditations antérieures, mais s'inquiéta soudain à la pensée, aussitôt repoussée, qu'il avait déjà fait part à Jimmy, avec les mêmes paroles, de ces mêmes réflexions.

« C'est une loi de nature, que les pères partent les premiers », constata-t-il avec tristesse.

Jimmy l'interrompit brusquement.

« Quand ton fils rentre-t-il?

– C'est l'heure où il rentre, répondit-il, en dissimulant son humiliation d'être coupé dans son discours.

– Moi aussi, je pars le premier, pour qu'il ne me voie pas », répondit Jimmy.

Ces paroles le surprirent désagréablement. Il allait protester, mais il se retint. Il était sûr de n'être pas aveuglé par sa tendresse : son fils était un bon jeune homme, tout à fait digne d'affection.

4

VIDAL traversa les deux cours et arriva aux cabinets. Occupée à savonner du linge dans l'un des lavoirs, Nélida bavardait avec Antonia et le neveu de Bogliolo. Antonia était une jeune fille de petite taille, aux cheveux châtains, la peau mate, les bras courts; elle avait la voix sourde et grave, comme celle qu'on a quand on vient à peine de se réveiller. Elle avait beaucoup de succès auprès des locataires. Le neveu de Bogliolo – grand, maigre, imberbe, les yeux ronds, vêtu d'une chemise qui laissait voir par transparence son gilet de corps – s'écria en la prenant par la taille :

« Ah! cette chère petite! »

Vidal se dit : « C'est beau la jeunesse »; puis il pensa : « Il y a sans doute quelque chose entre eux. »

« De quoi parliez-vous? demanda-t-il.

– Allez-vous-en, allez-vous-en! dit Antonia dans un fou rire.

– Vous me renvoyez? demanda Vidal

– Mais non, voyons », assura Nélida.

Antonia reprit.

« Il ne faut pas que don Isidro entende ce que nous sommes en train de dire. »

Vidal remarqua que les yeux de Nélida avaient des reflets verts.

« Pourquoi? protesta le neveu de Bogliolo. M. Vidal est resté très jeune d'esprit.

– Très ouvert, ajouta Nélida.

– Du moins, je l'espère... » dit Vidal.

Il pensa qu'il lui avait été donné de vivre à une époque de transition. Dans sa jeunesse, les femmes ne parlaient pas aussi librement que maintenant.

« C'est peu de dire que M. Vidal est resté très jeune d'esprit, insista Nélida avec une certaine emphase, il est dans la fleur de l'âge! »

« Dommage qu'elle m'appelle *monsieur* », pensa Vidal.

« En quelle année êtes-vous né? » demanda Antonia.

Vidal se rappela alors la visite de deux demoiselles qui étaient venues faire une enquête dans l'immeuble, pour un institut de psychologie ou de sociologie, et il se dit : « Allons bon, va-t-elle sortir un carnet et un crayon? » Puis il pensa : « Comme je me sens bien parmi les jeunes! » Il répondit en plaisantant :

« C'est une question qu'on ne pose pas.

– Vous avez raison, convint le neveu de Bogliolo. Ne faites pas attention à cette petite. Je peux vous dire que Faber lui non plus ne lui a pas répondu.

– Tu ne vas pas comparer monsieur à ce croulant, protesta Nélida dans un élan inattendu. Le vieux Faber a certainement dans les cinquante ans. »

Vidal pensa : « Moi je lui donnerais entre soixante et soixant-dix ans. Pour ces enfants, à cinquante ans on est un vieillard. »

« Pour moi, monsieur est plus jeune que ton oncle », poursuivit Nélida en haussant le ton.

Ceci ne fut pas du goût du neveu de Bogliolo : son visage s'assombrit et son flegme ordinaire fit place à une expression nettement hostile.

Vidal apprécia cette manifestation un peu puérile de sympathie pour un parent plutôt odieux. Il se demanda aussi s'il aurait le courage d'entrer aux cabinets devant ces jeunes gens. Cette gêne était stupide, puisqu'en fin de compte... Il la qualifia de timidité infantile. L'homme, au fond de lui-même, est un enfant déguisé en adulte. Les autres étaient-ils ainsi? Leandro Rey lui-même n'était-il qu'un enfant?

Leandro, certainement, tout comme lui, trompait son monde.

5

La vie d'un homme timide est semée d'embûches. Il n'avait pas plus tôt repris le chemin de sa chambre qu'il comprit que le spectacle d'un homme qui entre aux cabinets était moins ridicule que celui d'un homme qui repart parce qu'il n'a pas eu le courage d'y entrer. Y a-t-il honte plus grande que de donner à penser qu'on a eu honte? Et le pire, c'est que l'incident risquait de se renouveler car une chose était certaine : il lui faudrait très vite retourner là-bas. Son seul espoir était que les jeunes filles et le neveu de Bogliolo se seraient éloignés. Il s'était arrêté, la main sur la poignée de sa porte, quand il fut surpris par Bogliolo en personne qui lui demanda :

« Comment va la santé, don Isidro? »

Avec cet individu, on ne savait jamais sur quel pied danser. Vidal était si troublé qu'il répondit :

« Et vous, comment cela va-t-il, don Boutefeu? »

Il espérait que l'homme n'avait pas entendu ce sobriquet qui lui était sorti malgré lui, dans un bredouillement.

Bogliolo le regarda fixement de tout son haut. Il lui dit d'un ton empreint de gravité :

« Je me permets de vous donner un conseil. Je vous parle comme à un fils. Le Galicien s'impatiente. Payez donc votre loyer, monsieur, avant que cet homme ne fasse un esclandre. Les gens sont méchants et on dit que vous vous gobergez dans les restaurants alors que vous ne payez pas votre logement. » Il s'en allait; il revint pour ajouter : « Ne me demandez pas comment cela se fait, mais on sait même combien vous avez payé votre dentier. »

Dans sa chambre, Vidal trouva son fils occupé à faire des rangements dans l'armoire.

« Tu mets de l'ordre? » demanda-t-il.

Le garçon, qui lui tournait le dos, émit un son que Vidal traduisit par le mot *oui*. Il regarda distraitement Isidorito ranger son vieux chapeau à lui, son gilet, son canif, son rasoir, la petite boîte en bois blanc avec l'inscription *Souvenirs de Necochea*, où il mettait sa montre la nuit. Il remarqua soudain :

« Mais dis donc? Ce sont mes affaires. J'aime bien les avoir sous la main.

– Tu les auras sous la main, répondit Isidorito, en fermant l'armoire.

– Tu es fou? demanda le père. Mon chapeau, mon gilet, je veux bien. Mais pour regarder l'heure, demain matin, ça va être commode d'avoir ma montre là-dedans.

– Ce soir, il y a réunion ici du Groupe des Jeunes du XXIe. »

Vidal crut déceler dans le ton sur lequel furent prononcées ces paroles un peu de gêne et d'impatience.

« Bravo! s'écria-t-il sincèrement réjoui. Je suis bien content que tu invites tes amis. De plus, je ne sais..., il me semble préférable que tu fréquentes des jeunes gens de ton âge... »

Il s'arrêta à temps, pour ne pas importuner son fils de ses reproches. Il lui arrivait, quand il n'y prenait pas garde, de critiquer devant lui cette doctoresse qu'il rendait responsable d'un certain aspect pédant et agressif qu'avait pris le caractère de son fils. Comme s'il avait senti que son père en voulait à la doctoresse, Isidorito répondit vertement :

« Je me passerais bien d'eux.

– Si tu avais vu comme mon père accueillait mes amis! Dans la mesure de ses moyens, s'entend. Il allait jusqu'à obliger maman, quand elle avait fini sa friture de beignets, à aller mettre sa plus belle robe.

– Quelle manie tu as de parler toujours du passé.

– N'oublie pas que ce sont tes grands-parents.

– Je sais bien que nous ne sommes pas du gratin. Tu me le rappelles à chaque instant. »

Vidal le regarda avec une affectueuse curiosité. Il se dit qu'il y a chez les personnes qui nous sont les plus proches des pensées que nous ne soupçonnons pas... Cette façon d'être, qu'il résumait en disant : « Nous ne sommes pas transparents », lui avait semblé autrefois une protection, une garantie de liberté individuelle; il s'en affligeait aujourd'hui en constatant à quelle solitude cela conduisait. Pour se rapprocher de son fils et le tirer de son isolement, il poursuivit :

« Quant à moi, je suis heureux que tes amis viennent. Je me disais il y a un instant que j'aimais la compagnie des jeunes.

– Personne ne comprend pourquoi tu aimes tant cette compagnie.

– Et toi, tu n'aimes pas être parmi les jeunes?

– Bien sûr que si! Moi, c'est différent.

– Oui, c'est une question de génération. Nous ne pouvons pas nous comprendre, n'est-ce pas? La doctoresse a dû t'expliquer cela?

– Ecoute, c'est possible, mais il vaudrait mieux que ces jeunes gens ne te trouvent pas ici. D'autant plus qu'il y en a un qui est un vrai énergumène. Un type très en vue, qui est transporteur de légumes aux Halles. Un original, un héros populaire. On a même fait des vers en son honneur :

Sors de ton coin
Camionneur fou...

– Alors il va falloir que je tourne en rond dans le quartier pendant que tu recevras tes amis?

– Tu n'y penses pas! Dans la rue? Je ne veux pas qu'il t'arrive quelque chose.

– Mais alors, quoi? tu voudrais que je me cache sous le lit?

– Tu plaisantes! J'ai une meilleure idée. (Il le prit par le bras et sortit avec lui de la pièce.) Ne perdons pas de temps. Ils vont arriver d'un moment à l'autre.

– Doucement. Où allons-nous? »

Isidorito cligna de l'œil et mettant un doigt sur ses lèvres il lui demanda de garder le silence.

« Au grenier », souffla-t-il.

Vidal pouvait interpréter ces mots comme une explication ou comme un ordre. Dans la première cour, ils croisèrent Faber qui allait aux cabinets. Ils virent aussi passer Nélida portant une pile de linge. Poussé par son fils, Vidal grimpa en hâte le petit escalier, espérant que la jeune fille ne l'avait pas vu. Une fois en haut, il avança à quatre pattes, parce que le plafond était très bas.

« Tu seras parfaitement bien ici, assura le jeune homme. Si tu t'allonges sur l'une de ces malles, tu pourras même faire un petit somme. Eteins cette lumière et ne descends pas avant que je ne t'appelle. »

Isidorito disparut avant qu'il ait pu protester. L'endroit lui paraissait mal choisi. Comme don Soldano, le grossiste en œufs et volailles, se servait du grenier comme entrepôt, il était rempli de caisses sales et malodorantes. Quand il eut éteint la lumière, l'obscurité lui fut intolérable. Isidorito l'avait tellement pressé qu'il avait oublié de prendre son poncho et son manteau, ce dont il se félicitait d'ailleurs, car il eût fallu ensuite les porter chez le teinturier, mais en fait il grelottait de froid, et le plancher était bien dur sous son corps. Si, du moins, il était passé par les cabinets avant de monter... Il perdait la tête quand son fils s'énervait ainsi.

Il s'était montré aussi désemparé, vingt ans auparavant, devant Violeta, la mère d'Isidorito, une femme énergique qui tranchait de tout de la façon la plus catégorique. Devant tant d'assurance il avait toujours pensé que la moindre contradiction de sa part eût été considérée comme une offense et il s'était laissé très longtemps dominer par elle. Quelles sont les images qui lui venaient particulièrement à l'esprit quand il pensait à l'époque où il vivait avec Violeta? Avant tout, d'imposantes rondeurs roses, des cheveux d'un blond-roux et une odeur qui avait une certaine âcreté sauvage. Puis, les épisodes successifs d'une période qui lui semblait maintenant avoir été très courte : le jour où elle lui avait annoncé, au Palais Blanc, qu'elle attendait un enfant et qu'ils devaient se marier; le jour où l'enfant était né; le jour où il avait fini par savoir qu'elle le trompait. Attiré par l'annonce d'un film avec Louise Brooks, il était entré dans ce cinéma du Palais Blanc, il avait soudain reconnu une odeur qui l'avait rempli de nostalgie, et, dans l'obscurité de la salle, à la rangée devant lui, il avait entendu une voix bien connue qui disait : « Ne t'inquiète pas. Il ne va jamais au cinéma sans moi. » Le jour où il avait trouvé sur son oreiller le petit mot de Violeta; elle lui confiait l'enfant – *tu es un bon père,* et caetera – et elle partait, vers le Nord, avec un Paraguayen. Il s'était donc trouvé – il se demandait s'il n'y avait pas eu une faute quelconque de sa part – dans une situation souvent évoquée dans les tangos, mais qui, s'il regardait autour de lui, n'était pas si courante. Alors que Violeta l'abandonnait, ses amis ne faisaient que parler du joug conjugal, de leur envie de le secouer, à croire qu'ils portaient leurs femmes sur les épaules. Le départ de l'infidèle le contraria, sans lui causer la peine et le dépit que les gens ont tendance à croire inévitables en pareille circonstance, et, comme il s'occupait de son fils, il y gagna un immense prestige auprès des voisines, bien qu'il s'en soit toutefois trouvé une pour lui assurer qu'elle n'aurait jamais aucun respect pour un homme qui s'occupait de tâches pareilles. Tout ceci lui prouva que les autres ne sentaient pas les choses comme lui. Il avait voulu, vers cette époque, déménager pour s'installer dans un appartement, parce qu'il avait touché une petite somme d'argent laissée par un parent (quelle contrariété pour la pauvre Violeta si elle l'avait appris!); mais comme les voisines avaient pris l'habitude de s'occuper d'Isidorito quand il était à son travail, il avait renoncé à ce projet. L'argent avait fondu petit à petit, dans les dépenses courantes et il n'avait plus pensé à déménager. Puis il se rappela cet après-midi où, rentrant chez lui, il avait entendu, dans la pièce voisine, au milieu des cris et des rires de femmes excitées, cette appréciation de l'une d'entre elles : « Regardez son beau zizi! » A ce souvenir son envie de pisser augmenta. Il était vraiment au désespoir mais il n'osait pas descendre parce qu'on lui avait dit de ne pas le faire. En obéissant ainsi aveuglément à son fils, il se comportait comme un pauvre vieux; il se dit ensuite qu'il raisonnait comme un enfant capricieux; il y avait certainement un motif pour qu'on lui ait dit de ne pas descendre. Une chose en tout cas était sûre : il ne pouvait plus se retenir. Il se traîna comme il put à travers cet infect grenier, se dissimula derrière les dernières caisses et, agenouillé, en équilibre instable, il urina interminablement. Vers la fin de l'opération, il aperçut du jour entre les lattes du parquet : il réalisa avec effroi qu'il était juste au-dessus de la chambre de Bogliolo. Il était terrifié à la seule idée d'une altercation dans cet endroit recouvert de déjections de poules. Avec des précautions infinies, il tenta de se cacher au milieu des caisses empilées à l'autre extrémité. Au bout d'un moment, il se prit à rêver de l'homme qui avait passé presque toute la dictature du tyran Rosas caché dans un grenier, avant d'être dénoncé par l'aîné de ces enfants qu'il avait faits à sa femme nuit après nuit, et de finir décapité par les sbires du régime. Puis, dans un autre épisode de ce même rêve, il sautait à cheval de hauts obstacles, se couvrant de gloire devant les dames, et il expliquait, dans un mélange de modestie personnelle et d'orgueil patriotique : « Comme tous les Argentins, je sais monter à cheval. » Comme il n'avait jamais monté auparavant, il eut soudain des doutes sur ses talents et finit par faire une mauvaise chute. Nélida, fleurant bon la lavande, se pencha sur son visage et lui demanda : « Tu as mal? » Non, ce que disait effectivement Nélida était :

« Ils sont partis.

– Quelle heure est-il? » demanda-t-il. Il était tout ensommeillé.

« Deux heures. Ils sont partis. Isidorito n'est pas venu, parce qu'il a dû les raccompagner un bout de chemin. Il ne tardera pas à rentrer. Maintenant vous pouvez descendre, don Isidro. »

Quand il voulut se lever, il eut mal dans tout le corps et il sentit de nouveau sa douleur de reins. Il se demanda surpris : « Encore un lumbago? » Il était humilié que la jeune fille fût témoin de ses difficultés, que mentalement il qualifia de *misères*. Il dit pour s'excuser :

« J'ai l'air d'un vieil infirme.

– Vous avez pris une mauvaise position, expliqua Nélida.

– Oui, une mauvaise position, admit-il sans conviction.

– Laissez-moi vous aider.

– Il ne manquerait plus que cela. Je peux très bien...

– Permettez. »

Sans son aide il n'aurait pas pu se tirer de là. Nélida le soutint; elle le conduisit, telle une infirmière, jusqu'à sa chambre. Vidal se laissa faire.

« Maintenant je vais vous aider à vous mettre au lit, n'est-ce pas? » demanda Nélida.

Il répondit en souriant :

« Non. Nous n'en sommes pas encore là. Je peux me coucher tout seul.

– Bon. J'attendrai. Je ne partirai pas avant que vous ne soyez couché. »

En la voyant ainsi de dos, plantée au milieu de la pièce, il se dit qu'elle présentait toutes les caractéristiques d'une jeune femme belle et robuste. Il parvint à se déshabiller et à se mettre au lit.

« Voilà, c'est fait, dit-il.

– Vous avez du thé? Je vais vous faire un peu de thé. »

Malgré son lumbago, il éprouva une sorte de félicité inconnue; aussi loin qu'il remontât dans le temps, il n'avait pas souvenir qu'on l'eût jamais dorloté ainsi. Il pensa qu'il allait maintenant connaître les charmes de la vieillesse et de l'invalidité. Tout en lui versant son thé, Nélida lui dit qu'elle resterait encore un moment. Assise au pied du lit, elle lui parla – pour meubler la conversation, se dit-il – de sa vie, et elle lui annonça non sans fierté :

« J'ai un fiancé. Un jeune homme dont j'aimerais que vous fassiez la connaissance.

– Avec plaisir », dit-il à contrecœur.

Il pensa qu'il aimait les mains de Nélida.

« Il travaille dans un atelier de mécanique, oui, un garage, et comme il est artiste, il fait partie du trio folkorique *Los Porteñitos* qui joue tous les soirs dans des cabarets du centre et surtout place d'Italie.

– Vous allez vous marier? demanda-t-il.

– Dès que nous aurons économisé assez d'argent pour l'appartement et les meubles. Vous ne pouvez pas savoir comme il m'aime. Il ne vit que pour moi. »

Nélida continua ses propos enthousiastes. Sa vie, à l'en croire, n'était qu'une succession de triomphes dans des bals et des fêtes dont elle était la reine incontestée. Vidal l'écoutait avec tendresse et incrédulité.

La porte s'ouvrit soudain et Isidorito eut un regard surpris.

« Pardon, je vous dérange.

– Votre père n'est pas bien, expliqua la jeune fille. J'ai voulu lui tenir compagnie jusqu'à votre retour. »

Il sembla à Vidal que Nélida avait rougi.

6

VENDREDI 27 JUIN

LE lendemain matin il se sentit mieux, mais cependant pas assez bien pour être tout à fait rassuré. Il se dit que s'il avait eu de l'argent il aurait été à la pharmacie, se serait fait faire une piqûre et serait complètement rétabli (sinon le jour même, du moins au bout d'une semaine, quand on lui aurait injecté le contenu de la boîte d'ampoules). Mais avant qu'il ne touche sa pension, toute dépense de ce genre était exclue. S'il tombait à la pharmacie sur M. Garaventa, il n'y aurait aucun problème, car entre hommes on comprend ces choses-là; mais si c'était Mme Rachel, l'affaire deviendrait épineuse. Deux considérations venaient encore compliquer le problème : Mme Rachel avait la main légère et le pharmacien la réputation d'être un vrai boucher.

Quand il alla aux cabinets, il y rencontra Faber et Bogliolo. Ce dernier, avec force gestes et paroles, racontait quelque chose. S'écartant un peu de son interlocuteur, Faber demanda à Vidal :

« Et vous, où étiez-vous fourré hier soir? »

Vidal hésita, mal à l'aise. Il parvint à balbutier :

« C'est-à-dire... »

Il n'eut pas besoin d'achever sa phrase.

« Quant à moi, reprit Bogliolo, bien qu'il soit difficile de me prendre par surprise... »

Vidal le regarda avec étonnement : il parlait d'une façon étrange et n'avait pas son air habituel.

Faber, haussant le ton, prit à son tour la parole :

« Moi j'ai pu entrer dans les cabinets, expliqua-t-il, et croyez-moi, j'y ai passé une nuit de cauchemar. A un moment on a frappé à la porte. Je croyais ma dernière heure arrivée, mais ils sont partis.

– Quant à moi, reprit Bogliolo, bien qu'il soit difficile de me prendre par surprise, je me suis vu soudain entouré d'une foule de jeunes gens, mais je n'ai pas perdu la tête et j'ai décidé de les accompagner.

– Au petit matin, quand j'ai voulu me risquer à sortir, continua Faber, je ne pouvais plus me lever. D'être resté si longtemps assis j'avais attrapé un lumbago ou un tour de reins.

– Tout comme moi, s'écria Vidal dans un élan de fraternelle solidarité.

– Mais non, protesta Faber. En sortant des cabinets, moi, je suis resté plié en deux pendant un temps fou. »

Bogliolo, malgré une certaine difficulté d'élocution, parvint à faire taire ses interlocuteurs et à reprendre son récit :

« Les jeunes gens sont entrés dans mon jeu et nous avons bavardé et combiné des coups à faire jusqu'à une heure avancée de la nuit. N'allez pas croire que ma position était facile : je riais jaune et, tout en évitant soigneusement de le montrer, j'étais nerveux. Quand la réunion prit fin, j'essayai de rester chez moi, mais ils insistèrent pour que je sorte avec eux. Je voulus me joindre à ceux qui étaient avec votre fils, puisque je le connaissais, mais deux individus me prirent chacun par un bras et, tout en bavardant comme des amis, nous avons marché un bon bout de temps en direction de la gare du Pacifique. Près des entrepôts des vins Giol, l'un des deux, celui qu'on appelait Bébé, d'un ton toujours aussi cordial me dit d'oublier tout ce j'avais entendu cette nuit-là. L'autre admira mon dentier et sous prétexte de mieux l'examiner il me l'arracha de la bouche d'un coup sec. Vous n'allez pas me croire, mais, quand je lui demandai de me le rendre, le plus petit des deux me dit de me dépêcher de rentrer chez moi si je voulais y arriver à peu près indemne.

– De toute façon, nous nous en sommes tirés à meilleur compte que ce pauvre Hubermann », observa Faber.

Sur ce ton de raideur affectée qu'il adoptait dans les situations délicates, Bogliolo se risqua à dire :

« Votre fils, don Isidro, m'a donné l'impression d'être un garçon raisonnable. Vous sentez-vous de taille à le sonder?

– Le sonder? demanda Vidal.

– Pour qu'il commence à tâter le terrain, pour voir si j'ai une chance de le récupérer. Vous savez ce que coûte un dentier.

– Et comment!

– Je compte sur vous.

– Oui, bien sûr. Entendu. Qu'est-ce qui est arrivé à Hubermann? »

Bogliolo haussa les sourcils, l'air méfiant. Puis il entreprit de raconter ce qui s'était passé :

« Le pauvre était dans sa voiture rue Las Heras... »

Faber, l'écartant de Vidal, l'interrompit :

« Je peux parler? J'ai découpé dans *La Dernière Heure* les déclarations de son assassin (il tira de sa poche une coupure de journal qu'il déplia soigneusement). Cela vaut son pesant d'or. Ecoutez :

« – Quand j'aperçus ce crâne chauve dans la voiture
« qui était devant moi, je compris que je m'étais trompé de
« file. J'avoue que j'étais peut-être prévenu contre lui, irrité
« d'avance. Mais croyez-moi, messieurs, tout se passa
« comme je l'avais prévu : quand les autres voitures démar-
« rèrent, celle que j'avais devant moi resta sur place avec
« son conducteur, le petit vieux au crâne chauve, qui

« attendait le réveil de ses propres réflexes pour se prépa-
« rer à passer sa première et à repartir. Ce vieux a été
« victime d'une irritation qui s'accumule chez moi à force
« de me trouver dans des situations identiques, dues à des
« vieux de ce genre. J'avais de la peine à me retenir et
« j'avoue que la tentation de tirer sur ce crâne chauve,
« qu'équilibraient deux oreilles en éventail, a été trop forte
« pour moi. »

Vidal demanda :

« Qu'a-t-on fait de ce fou?

– Allons, quoi? ne le prenez pas ainsi, protesta Bogliolo.

– Il a été aussitôt relâché », assura Faber.

Bogliolo ouvrit le robinet du poste d'eau et but en s'aidant de la main.

« Surtout, recommanda-t-il à Vidal, n'oubliez pas, s'il vous plaît, de sonder votre fils. »

Il s'éloigna dans la direction des chambres. Les autres, lentement, le suivirent.

« Il me fait de la peine, dit Faber.

– A moi, aucune, répondit Vidal.

– Avec ses airs méchants, c'est un pauvre diable, manœuvré par le gardien. Il ne sait à quel saint se vouer. »

Ils croisèrent Nélida et Antonia. Vidal remarqua qu'elles ne saluaient pas Faber. Celui-ci s'éloigna.

« Je vous félicite de vos relations, don Isidro, observa ironiquement Antonia.

– Vous voulez parler de Boutefeu?

– Boutefeu, passe encore. Mais ce vieux coquin, je ne peux pas le souffrir.

– Antonia a raison », affirma Nélida.

Vidal la regarda, il admira la courbe gracieuse de son cou, et il se dit que l'expression « col de cygne » lui convenait parfaitement et qu'il était toujours à découvrir quelque chose de ravissant chez cette jeune fille. Il demanda :

« Que lui reprochez-vous? »

Antonia se fâcha :

« Ce que je lui reproche? C'est un vieux dégoûtant. Rien que d'en parler, j'enrage. Le soir il vous aborde avec les pires intentions. Dans les cabinets ou à côté! Demandez à Nélida, si vous ne me croyez pas.

– A partir de dix heures du soir, il attend, caché dans le noir, assura Nélida.

– Ce n'est pas possible! s'écria Vidal.

– C'est la pure vérité. Nous en savons quelque chose.

– Qu'est-ce que vous me racontez là? Se rend-il compte de ce qu'il fait? Pour moi c'est un malheureux qui ne se contrôle plus. »

Vidal reconnut que la conduite de Faber était insensée, et hautement répréhensible.

« Un vieux comme lui, déclara Antonia, je le dénoncerais sans remords. »

Tout en lui donnant raison, Vidal essaya de défendre Faber :

« C'est un pauvre diable. »

Il répéta ces mots à plusieurs reprises. Devant les attaques impitoyables d'Antonia il essaya de trouver des circonstances atténuantes.

« Des vieux comme lui, on ne devrait pas en laisser vivre un seul, dit Antonia pour conclure.

– Oui. Je reconnais que vous avez raison. Des vieux qui s'en prennent à des jeunes personnes offrent un spectacle lamentable, répugnant. Vous avez raison. Entièrement raison. Mais comparés à un mouchard, à un traître, à un assassin...

– Faber ne vous a pas offensé, vous. Mettez-vous un peu à ma place.

– Bien sûr, il vous a offensée, convint Vidal. Faber est impardonnable. Mais peut-être que le malheureux ne se rend pas compte à quel point il est grotesque en agissant ainsi, car s'en rendre compte serait reconnaître qu'il est vieux et qu'il approche de sa mort.

– Qu'est-ce que vous voulez que cela me fasse? » dit Antonia.

Vidal jugea la réplique sans appel; cependant, comme il pensait qu'il devait tenter un ultime effort en faveur de son ami, il résuma son argumentation par ces mots :

« Bon. Je vous donne raison en tout. Il est vieux et laid, mais on ne peut le lui reprocher. Ce n'est pas par goût qu'on devient vieux et laid. »

Antonia le regarda en hochant la tête, comme si elle avait entendu quelque chose d'extravagant et qu'elle lui pardonnait simplement parce qu'elle l'acceptait tel qu'il était.

« Il n'y a pas moyen de discuter avec don Isidro. Je vais faire un peu de lessive. »

Avant de la suivre, Nélida dit tout bas à Vidal :

« Il ne faut pas parler comme cela devant elle. »

7

IL se sentait mieux. Une longue journée à paresser dans sa chambre lui avait fait le plus grand bien. S'il n'était pas sorti, ç'avait été sur le conseil de Nélida. A midi, alors qu'il partait pour son restaurant, il l'avait rencontrée à la porte. La jeune fille lui avait dit :

« Ne sortez donc pas. Je trouve que ce serait une imprudence. Aujourd'hui, vous vous reposez et demain vous êtes guéri.

– Mais on ne vit pas de l'air du temps, et, croyez-moi, je ne me sens aucun courage pour faire cuire ne serait-ce que des nouilles.

– Ma tante Paula m'a apporté une assiette de gâteaux. Permettez-moi de vous les offrir.

– A condition que vous les partagiez avec moi.

– Non, cela je ne le puis. Ne le prenez pas mal, s'il vous plaît. Mais vous savez comment sont les gens... »

Il en prit d'abord un, puis un autre, et finit par manger une demi-douzaine des gâteaux de Nélida, qu'il trouva délicieusement bons, et qu'il fit descendre ensuite avec du maté. Mais ils lui pesèrent sur l'estomac et il fit une longue sieste, comme celles de jadis, d'où il finissait par émerger, hébété, sans savoir si c'était le jour ou la nuit. Il se refit du maté, attendit en vain qu'Isidorito lui rapportât le poste de radio qu'il avait enfin emporté chez l'électricien, se résigna de se faire des nouilles, les mangea avec du fromage râpé, du pain rassis, du vin rouge et, quand il ne restait plus que des miettes, Jimmy entra.

« J'arrive trop tard? demanda-t-il.

– Oui, aussi incroyable que cela soit. Il ne reste plus rien.

– Tu ne vas pas me dire que tu n'as pas un dessert quelconque dans l'armoire? Une tarte? Une tablette de chocolat?

– Il y a bien le chocolat d'Isidorito. Mais cela ne vaut rien pour toi.

– Ne t'en fais pas, j'ai encore un bon foie, déclara-t-il en mordant sans plus attendre dans la tablette. J'espère que cela ne va pas t'attirer des ennuis avec ton fils. A propos : ce soir nous jouerons aux cartes chez Nestor, qui est au mieux avec son fils. Le terrain est plus sûr là-bas. Tu viens? »

Vidal pensa qu'il pouvait accepter l'invitation, car Nélida n'en saurait rien et cela lui ferait du bien de retrouver les « garçons », de s'aérer un peu, de se changer les idées car son humeur s'était assombrie après cette journée de repos et d'indigestion.

« Il fait toujours aussi froid? demanda-t-il.

– Couvre-toi bien, les couronnes sont chères en cette saison. »

Vidal jeta un poncho sur ses épaules et ils sortirent dans la nuit.

« Qu'est-ce qui t'arrive? demanda Jimmy. Tu es plié en deux.

– Rien. Un lumbago.

– C'est l'âge, vieux, l'âge. L'homme astucieux doit prendre en temps voulu ses dispositions contre la vieillesse. S'il pense trop à elle, il s'attriste, perd courage, ses traits se creusent, on dit de lui qu'il est battu d'avance. S'il l'oublie carrément, on lui rappelle qu'il y a un temps pour tout et on le traite de barbon ridicule. Il n'y a pas de stratégie contre la vieillesse. Mais regarde donc! Je vois des gens attroupés au coin de la rue, c'est peut-être une bande de jeunes, ou de ces piquets de répression, comme on les appelle... Tournons plutôt le coin pour les éviter.

– Alors, il faut se défiler? Tu crois que deux vieux argentins, du temps de notre jeunesse, auraient pris tant de précautions?

– Oui, en ce temps-là ils semblaient tout feu, tout flamme, mais comment étaient-ils vraiment quand personne n'était là pour les regarder? »

8

NESTOR habitait avec sa femme et son fils, qui s'appelait aussi Nestor, rue Juan Francisco Segui, une petite maison comprenant une salle à manger et une chambre sur le devant, une autre chambre et les dépendances donnant par derrière sur un jardin, ou plutôt un terrain vague. Quand nos deux amis arrivèrent, les autres étaient réunis dans la salle à manger. Accrochée au mur, une pendule à balancier était arrêtée à midi. La femme de Nestor, Regina, n'apparaissait jamais quand son mari avait du monde; répondant à une interrogation à son sujet, Nestor eut un geste évasif vers les pièces du fond.

« On m'attend, dit son fils, au café, de l'autre côté de l'avenue.

– Alvear », précisa Dante.

Tous se mirent à rire. Jimmy constata avec le plus grand sérieux :

« Notre petit vieux n'est pas à la page. »

Le fils de Nestor corrigea courtoisement :

« M. Dante a voulu dire avenue du Libérateur.

– Dante a raison, observa Arévalo. Il faut lutter contre ces changements de noms. Tous les vingt ans les maisons changent de numéro, les rues changent de nom.

– Les gens aussi changent, fit remarquer Jimmy qui se mit à fredonner : *Où est mon Buenos Aires d'antan?*

– On ne croirait jamais qu'on est dans la même ville », assura Arévalo.

Le jeune homme prenait congé des invités de son père. Vidal eut un mot pour s'excuser.

« Quelle façon d'envahir la maison, dit-il.

– Voilà qu'on l'oblige à s'en aller, ajouta Arévalo.

– Le principal est que vous soyez à l'aise, assura le jeune homme. Ne vous inquiétez pas pour moi.

– C'est un comble qu'il soit obligé de s'en aller à cause de nous, dit Arévalo.

– Vous plaisantez? protesta le jeune homme. Moi je suis pour les amis de papa. » Et il ajouta à mi-voix : « Il en coûtera ce qu'il en coûtera. »

Il tapota affectueusement l'épaule de son père. Il sourit, salua de la main et quitta la pièce.

« Un bon garçon, dit Vidal.

– Un faiseur », murmura Jimmy.

Nestor servit du Fernet, des cacahuètes, des olives. Rey avança prestement la main. On tira au sort : Vidal jouait avec Jimmy et Arévalo, si bien que ce soir-là, avant même de commencer, la partie était gagnée d'avance.

« Qu'est-ce que vous pensez de l'histoire du tapissier? » dit Rey, la bouche pleine.

Vidal demanda à Nestor :

« Tu le connaissais?

– Je l'ai vu cent fois devant chez toi.

– De qui parlez-vous? demanda Dante.

– Je constate avec inquiétude que les choses ont bien changé, dit Arévalo.

– Du grand-père de Rey, répondit Jimmy en étouffant un éclat de rire.

– Allons donc! répliqua Dante.

– Je constate avec inquiétude que les choses ont bien changé, répéta Arévalo. On lisait autrefois ces faits divers dans les journaux, mais cela arrivait à des inconnus; aujourd'hui c'est à des gens du quartier.

– A des gens que nous connaissons, ajouta Rey, indigné.

– Encore un peu et c'en sera fait de nous! soupira Jimmy, en clignant de l'œil.

– Tu n'as pas de cœur, dit Rey, sur un ton réprobateur. Et d'abord, pourquoi le gouvernement tolère-t-il qu'un charlatan distille son poison sur les antennes de la radio ? »

Vidal intervint, d'un ton grave :

« Je crois que Farrell a rendu la jeunesse consciente d'elle-même. Si tu es contre les causeries au coin du feu, on va encore te prendre pour un vieux rétrograde.

– Quel raisonnement », dit Arévalo, avec un sourire.

Rey fit remarquer :

« Vous voyez l'effet du poison? Notre propre Isidro nous parle en employant les termes mêmes de ce démagogue.

– D'accord, concéda Arévalo, mais toi, Leandro, tu exagères. Tu es trop conservateur.

– Pourquoi ne le serais-je pas?

– Pourquoi les vieux se rendent-ils odieux? rétorqua Arévalo. Ils sont trop satisfaits d'eux-mêmes et ne veulent pas céder de terrain.

– Est-ce que Rey, le Grave, quittera sa caisse enregistreuse? demanda Jimmy.

– Devrais-je m'effacer devant des propres à rien sous prétexte que ce sont des jeunes? Devrais-je abandonner le fruit de mon travail? Lâcher la barre? »

Clignant de l'œil, Jimmy chantonna :

« *Comme ça rebâche, les vieux!*

– Nous en plaisantons, commenta Nestor, mais si les autorités n'y mettent pas le holà qui de nous se sentira en sécurité?

– Vous me rappelez la rentière de Ugarteche? demanda Rey.

– La vieille aux chats? demanda Arévalo.

– La vieille aux chats, confirma Rey, que pouvait-on lui reprocher? Une extravagance : elle nourrissait des chats. Eh bien, hier, à l'angle de sa rue, une bande de jeunes vauriens l'a tuée à coups de poing, sous le nez des passants.

– Et des chats, ajouta Jimmy, qui ne pouvait s'empêcher de plaisanter même dans des cas affligeants.

– Ils flairaient son cadavre », précisa Rey.

Jimmy dit en se penchant vers Vidal :

« Quand on est en face de lui, il faut ouvrir son parapluie. Tu as vu voler le petit morceau de cacahuète? Nous les vieux, quand nous parlons, nous postillonnons. Jusqu'à présent j'avais évité une pareille disgrâce, mais voilà que je m'y mets. Il y a quelques jours, parlant à je ne sais plus qui, dans le feu de la conversation, je lui ai envoyé un postillon sur sa manche. Je continuais à parler, pour détourner l'attention, mais je ne pensais qu'à une chose : pourvu qu'il ne le remarque pas.

– Le cas du grand-père est bien pire, dit Arévalo.

– Du grand-père de Rey? demanda Dante.

– Vous ne lisez donc pas les journaux? demanda Arévalo. C'était une charge pour sa famille, et il fut liquidé par ses petites-filles âgées de six et huit ans.

– Respectivement, précisa Rey.

– Vous tenez à me mettre la mort dans l'âme? demanda Jimmy. Parlons de choses sérieuses. Dimanche, c'est River qui gagne?

– Dans les grandes circonstances, River se surpasse, déclara sentencieusement Rey.

– Ce n'est pas pour rien qu'on t'appelle le Grave », nota Arévalo.

Dante demanda, avec irritation :

« Mais qu'est-ce que cela a à voir avec son grand-père? »

Ils évoquèrent les bagarres qui avaient lieu sur les stades et dans les tribunes. Rey prétendit :

« De nos jours, l'homme prudent assiste aux matches de football devant son écran de télévision.

– Pour ma part, dit Dante, qui pour une fois avait entendu, je ne vais plus au stade, même pour voir l'équipe des Excursionnistes. »

Nestor, après avoir dit qu'il était partisan de la « confrontation effective, directe », annonça :

« Vous me verrez dimanche dans les tribunes, pour soutenir River.
– C'est de l'inconscience! soupira Jimmy.
– Un suicide », opina flegmatiquement Rey.
Dante expliqua :
« Nestor y va avec son fils.
– Alors, c'est autre chose », admit Rey.
Satisfait dans son orgueil de père, Nestor confirma :
« Vous voyez bien : je ne suis pas inconscient et je ne cherche pas à me suicider. Le garçon m'accompagne.
– Pendant tout ce temps-là, avec tout ce bavardage, remarqua Jimmy, le jeu traîne en longueur et tu retardes le moment de la défaite. Le petit vieux serait-il en train de nous rouler, la fripouille? »
Quand ils eurent perdu quatre parties, les perdants demandèrent grâce. Dante déclara qu'il avait l'intention de se coucher tôt, Nestor offrit une dernière tournée de Fernet et de cacahuètes. Rey constata qu'il était minuit. Ils réglèrent leurs dettes.
« Nous allons avoir une chance folle en amour, dit Nestor.
– Et pourquoi donc? demanda Jimmy. Ce n'est pas par manque de jeu que vous avez perdu. »
Rey sourit, hocha la tête, et lui reprocha amicalement :
« Laisse-nous au moins cette illusion!
– Regardez-le donc, dit Arévalo. Qu'est devenue sa superbe? On a raison de prétendre que la seule idée de l'amour rend l'homme plus humain. »
Ils sortirent tous ensemble, mais chacun très vite partit de son côté, excepté Rey qui dit à Vidal :
« J'ai envie de me dégourdir les jambes. Je t'accompagne, Isidro, jusqu'à ta porte. » Il ajouta sur un ton de confidence : « Ne va pas croire que mon unique distraction dans la vie soit de rester vautré dans mon fauteuil, devant un match télévisé. Cela dit, j'ai le plus grand respect pour ces merveilles de la technique. »

Vidal constata que cette dernière phrase l'irritait inexplicablement. Ils arrivaient. Rey lui prit le bras et lui dit :

« Marchons encore un peu. Viens, accompagne-moi jusque chez moi. »

Tout en marchant, Vidal pensa qu'il aurait aimé, lui, être seul, déjà couché et, si possible, endormi. Pour rompre le silence, il dit :

« Il fait moins froid cette nuit.

– Il vient tardivement, mais il vient tout de même cet été de la Saint-Jean[1]. »

Vidal constata que, la nuit, comme si les choses se relâchaient, il se sentait soulagé de certaines souffrances qui, le jour, le harcelaient; son lumbago, par exemple, avait disparu, ou du moins le gênait à peine. Comme ils arrivaient à la boulangerie, il s'empressa de dire :

« A demain.

– Je te raccompagne chez toi. »

Alors Vidal pensa soudain que l'autre avait peut-être quelque chose d'important à lui dire. Il pensa également que si Rey ne se décidait pas à parler, ils allaient marcher ainsi jusqu'à l'aube. Il rompit de nouveau le silence pour demander :

« Pourquoi n'étais-tu pas hier au magasin?

– Hier matin? Une idée folle de mes filles... »

Sans doute était-il pris entre l'envie et la peur de parler. Mais Vidal n'était pas curieux, et avec l'égoïsme d'un homme fatigué il décida de couper court à ces allées et venues.

« Bonsoir », dit-il et il rentra sous la voûte de son immeuble. Il aperçut vaguement dans un dernier regard, le visage replet de Rey qui ouvrait la bouche pour parler.

1. Correspond, dans l'hémisphère Sud, à notre été de la Saint-Martin.

9

SAMEDI 28 JUIN

LE lendemain matin, son lumbago le reprit. Mesurant ses mouvements, Vidal se leva, mit de l'eau à chauffer, s'habilla, sirota quelques matés. Dans les mouvements qu'il tenta de faire il chercha, avec précaution, à délimiter la douleur. Plaisantant avec lui-même, il compara cette action avec celle d'un bon joueur de truco, par exemple Arévalo (ou Jimmy quand il imitait Arévalo), qui range ses cartes et, avec une lenteur ostentatoire, découvre le jeu que le sort lui a réservé.

Il parvint au bout d'un moment à la conclusion que la douleur, très supportable, ne justifiait pas, dans l'immédiat, des piqûres ou tout autre dépense de pharmacie. Il se dit alors qu'il lui fallait affronter en homme une épreuve véritable, la plus dure : une petite lessive. « Il faut y aller », se dit-il; il imagina l'effort qu'il aurait à fournir pour frotter et rincer, le dos courbé; il en conçut de l'inquiétude, et qualifia de mastodontes les vieux bacs à laver de l'immeuble, larges et profonds. Un modèle qui ne se fait plus, protesta-t-il. On dit bien que les gens autrefois étaient plus grands. Il rassembla une paire de chaussettes, un caleçon, une chemise, un tricot de corps. Il hocha la tête et déclara : « Il n'y a pas d'autre solution.

Jusqu'à ce qu'on me paye ma pension – et je me demande si on me la paiera un jour – je ne donne plus de linge à laver. Antonia va m'en vouloir, comme tous les mois, quand je ne donne plus de linge à sa mère. Jusqu'à ce qu'on me paye, ce luxe-là comme tous les autres est exclu. Voilà que je parle tout seul maintenant. »

Mme Dalmacia, la mère d'Antonia, était le personnage le plus populaire de l'immeuble. Restée veuve de bonne heure, cette femme courageuse, rien qu'en lavant et en repassant (sans cesser pour cela de plaisanter et de chanter) avait pu élever, nourrir et vêtir à peu près convenablement huit enfants. A présent, comme tous (sauf Antonia) étaient mariés et dispersés, Mme Dalmacia avait recueilli les trois petites filles pâlotes d'un de ses fils qui avait des ennuis d'argent : il y avait toujours de la place dans le vaste cœur de cette personne et son ardeur au travail était sans limites. L'âge, cependant, lui avait changé le caractère, et l'on notait chez elle l'aggravation d'une certaine brusquerie naturelle, ce qui justifiait sans doute le surnom de « Dragon », affectueusement moqueur, que lui avaient donné les nouveaux venus dans le quartier; mais si les colères de la dame étaient violentes – l'avoir pour ennemie n'était pas sans risque – il était vrai aussi qu'elle pardonnait vite et n'était pas rancunière.

Sur le chemin des cabinets, Vidal murmura :

« Pourvu que je ne rencontre personne. Ici, on compte le nombre de fois que vous allez aux cabinets. » Et, bien entendu, il rencontra Nélida qui lavait et Faber qui se trouvait aussi là.

« J'expliquais à mademoiselle, dit Faber, que les contestataires n'avaient pas tous les torts. Il y en a aussi qui les provoquent.

– Croiriez-vous, don Isidro, qu'Antonia me fait la tête? dit Nélida.

– Pas possible! dit Vidal.

– Pas possible? Vous ne la connaissez pas. M. Faber ne m'a rien fait et elle voudrait que je l'envoie promener. »

Faber acquiesça de la tête. Vidal s'écria :

« C'est incroyable!

– Et savez-vous qu'elle va maintenant raconter à tout le monde que je suis allée dans votre chambre l'autre soir! »

Vidal n'eut pas le temps d'accueillir cette nouvelle avec tout l'étonnement qu'on pouvait attendre, car Dante (l'air un peu bizarre) et Arévalo apparurent sur ces entrefaites. Nélida s'éclipsa rapidement en disant :

« En tout cas, ne vous faites pas trop repérer. »

Faber se dirigea rapidement vers sa chambre et Vidal se vit soudain nez à nez avec le gardien. Celui-ci déclara :

« Il ne faut pas nous disputer entre nous pour de petits différends, pour des bêtises. Par exemple, M. Bogliolo est furieux parce qu'il y a de l'eau qui tombe chez lui du grenier. Il n'y a pas de quoi faire un drame : je monte voir ce qu'il y a (il s'éloigna de quelques mètres, revint sur ses pas et annonça d'un air dramatique) : ou bien nous présentons un front uni, ou bien nous sommes coincés de toutes parts. »

Quand le gardien fut parti, Arévalo dit :

« On est bien agité dans cet immeuble. Et nous aurions plutôt besoin de tranquillité. Nous venons te consulter.

– Je vous écoute, répondit Vidal.

– Ne prends pas cet air solennel. Nous voulons avoir ton opinion. Dante, ici présent, a décidé hier soir... Je lui dis?

– Nous sommes venus pour cela, dit Dante, pas très à son aise. Finissons-en. »

Arévalo n'hésita plus :

« Il a décidé hier soir de se teindre les cheveux et il voudrait savoir ce que tu en penses.

– Cela me paraît parfait... bredouilla Vidal.

– Attends, regarde-le bien, conseilla Arévalo.

– Puis-je te faire part de mes doutes? demanda Dante. Il y a des personnes qui ne peuvent supporter les cheveux blancs; par contre, d'autres sont agacées de voir un vieux qui se teint les cheveux.

– Tu veux que je t'explique? demanda Arévalo. Je racontais à Dante qu'une fois, allant avec une fille dans un hôtel, nous avons croisé un autre couple sur le seuil. La fille s'est mise à rire : « Regarde le petit vieux. » J'ai regardé : c'était un ancien camarade, plus jeune que moi, mais il avait l'air d'un centenaire avec ses cheveux blancs.

– Tu te teins? demanda Vidal.

– Tu es fou? Grâce à Dieu, je n'ai pas encore besoin de le faire.

– Il y a un mais, observa Dante, visiblement préoccupé. La teinture, ça se remarque.

– Bien sûr que non, répliqua Arévalo. Personne ne voit personne. On a une impression d'ensemble et on dit qu'un tel a les cheveux blancs ou qu'il est chauve.

– Les femmes peut-être remarquent ces choses, dit Vidal.

– Qu'est-ce que tu dis? demanda Dante.

– Elles ne regardent que les autres femmes, pour les critiquer, dit Arévalo.

– Maintenant les gens sont bien plus observateurs, insista Dante. Vous ne me direz pas le contraire : un vieux qui se teint, cela agace.

– Et les chauves? demanda Vidal.

– La teinture, poursuivit Dante, c'est aujourd'hui un procédé maladroit. Ça se voit.

– La moitié des filles que tu croises dans la rue ont les cheveux teints. Tu t'en aperçois?

– Moi non », dit Dante.

Comme s'il changeait de camp, Arévalo admit :

« On remarque la teinture quand elle sert de camouflage. Que dites-vous de ces brunes qui se teignent en blond?

– Je ne m'intéresse pas aux brunes. Dites-moi la vérité, est-ce que cela me rajeunit? Je vois bien, hélas! que cela ne trompe personne, déclara Dante, sur un ton désolé.

– Alors pourquoi t'es-tu teint les cheveux? demanda Arévalo.

– Je n'en sais rien. Je t'ai demandé conseil.

– Il faut parfois se lancer à l'eau.

– Cela semble facile, quand il s'agit des autres. Et avec tout cela vous ne me répondez pas, vous ne me dites pas si cela me va ou si cela ne me va pas. Suis-je moins bien qu'avant? »

Vidal pensa : « Il est dépité, c'est un sot. » Il demanda : « Et les chauves, comment font-ils? »

Nélida revint.

« Monsieur, dit-elle à voix basse, Leandro vous appelle au téléphone.

– Vous m'attendez un instant?

– Non, nous partons. »

Nélida lui dit :

« Qu'allez-vous faire avec ce linge?

– Je vais le laver.

– Donnez-le-moi.

– Antonia va se vexer...

– Il ne manquerait plus que cela. »

Pour pénétrer dans l'atelier où travaillaient une demi-douzaine de jeunes filles, il dut surmonter une appréhension instinctive; pourtant, hier encore, le fait d'être entouré de jeunes personnes ne lui déplaisait pas.

Rey lui dit au téléphone :

« Je suis sur le point d'investir une petite somme dans un hôtel...

– Pas possible...

– J'aimerais te le montrer. Tu ne veux pas sortir cet après-midi? Ce n'est pas loin de chez toi. A cinq heures, c'est trop tôt? »

Il précisa la rue – Lafinur – et le numéro.

Jamais Vidal n'aurait soupçonné que c'était là le secret qui tracassait hier soir son ami. Il se dit qu'il était mauvais psychologue. Il avait décidément du mal à entrer dans la pensée des autres.

10

En arrivant rue Lafinur, Vidal s'écria : « Ce n'est pas possible! » Mais il dut admettre, quelques pas plus loin : « Pourtant, il n'y en a pas d'autre par ici. » Evidemment, l'embarras de Rey la nuit antérieure devenait compréhensible : le pauvre hésitait à lui confier son projet d'acheter une maison de passe. Maintenant c'est Vidal qui était embarrassé. « Il faut avouer, se dit-il, qu'il est gênant d'entrer seul dans ce genre d'établissement. » Rey apparut à la porte de l'hôtel, arborant un large sourire et lui faisant signe de la main. A quel âge faut-il donc arriver pour se libérer de toutes ces hontes injustifiées, pour devenir tout à fait adulte? Il avait regardé autour de lui, espérant peut-être entrer sans que personne ne le vît, et voilà que, circonstance aggravante, ce balourd de Rey attirait l'attention par ses gesticulations. Rey l'accueillit chaleureusement, très content et un peu surexcité. Il n'y avait bien sûr aucune raison pour qu'un passant, le voyant là, allât imaginer on ne sait quoi. Mille motifs pouvaient justifier la présence en ce lieu de deux messieurs comme eux. Ils pouvaient par exemple visiter l'hôtel dans l'intention de l'acheter. Comme il arrive souvent, la vérité paraissait incroyable.

Rey le précéda le long d'un couloir qui donnait sur la cour intérieure, il frappa quelques coups discrets à une porte, l'ouvrit sans attendre de réponse et s'écarta pour laisser entrer Vidal. Après une brève hésitation, celui-ci pénétra dans la pièce. Il avait perdu toute assurance, comme dans un rêve, aussi se réjouit-il de se trouver en face d'un gros homme au teint blafard – le patron, indubitablement – dans son bureau, devant une table et des tasses de café. Rey fit les présentations :

« Mon ami Vidal. Mon compatriote. Jesús Vilaseco.

– Une autre tasse, Paco, vociféra le patron. Bien fort et bien chaud, le café. (Il baissa la voix pour demander dans un soupir) : Y a-t-il de pires domestiques que ceux des hôtels de ce genre? En dehors de ses lits, à quoi ce Paco est-il bon? A apporter du café froid et des rafraîchissements tièdes. »

L'individu revint, portant une petite tasse : un jocrisse, le teint blanc comme celui de son maître, mais plus jeune et d'aspect négligé. Il annonça :

« Don Jesús, au 18 on a encore laissé les murs dans un triste état.

– Le client d'Angélique?

– Non, non. Celui-là, s'il recommence...

– Encore du café, Paco, et pour une fois qu'il soit chaud.

– C'est qui, le client d'Angélique? demanda Rey.

– Un fou qui écrit invariablement sur le mur : *Angélique, je te cherche toujours.* »

Vidal pensa : « Un pauvre malheureux. Il l'appelle désespérément, sans se faire d'illusions. »

« Pauvre homme... dit-il.

– Pauvre homme? répéta le patron. A cause de cinglés comme lui un beau jour on te ferme l'établissement.

– Qu'est-ce que tu me dis? s'écria Rey.

– Tôt ou tard il croise la femme en question, qui, si elle vient ici, n'est pas seule, et il te la descend comme un lapin. Vous autres, de l'extérieur, vous croyez qu'ici c'est la bonne vie, le Pérou... »

Rey l'interrompit, narquois :

« Ne te plains pas. A part les pompes funèbres, quel

commerce autre que le tien encaisse autant de bon argent, comptant et sonnant?

– Tu ne vas pas nous comparer? Eux, ils n'ont jamais d'histoires. Je t'accorde, qu'il leur faut de l'estomac... »

Vidal pensa que dans cette conversation les rôles étaient inversés. L'acheteur vantait la marchandise, le vendeur la dénigrait. A quoi pensaient-ils donc? Rey rétorqua à son compatriote :

« Et moi, te rends-tu compte des difficultés que j'ai à me faire régler les ardoises en fin de mois? Sans parler de ceux qui ne paient pas et de ceux qui chapardent.

– Non, mais tu ne te fais pas idée des émotions par où je passe! L'inspecteur que tu apaises, toi, en lui offrant un gâteau, je ne l'amadoue pas, moi, avec l'encaisse brute d'un samedi, et je ne te parle pas des visites de la Commission du Conseil ni des types de la police. Sais-tu qui j'envie? Don Eladio, qui est passé d'une chaîne de taxis à une chaîne de garages et au transport de la viande. C'est pour quand, ce café, Paco? »

Ils abordèrent le cas de don Eladio, et ils n'en finissaient pas d'épiloguer à son propos. Vidal constata que ces hommes qui étaient des commerçants, se comportaient comme s'ils n'avaient rien à faire et ne semblaient pas pressés, alors que lui, par contre, un désœuvré, ne supportait pas de perdre ainsi son temps. Pour s'aider à patienter, il se dit qu'il allait s'amuser au spectacle qui ne pouvait manquer : les manœuvres de ces deux compères pour parvenir, à partir des positions prises, à leurs buts respectifs qui étaient, pour l'un, de vendre cher et pour l'autre, de payer bon marché. Mais lui, à vrai dire ne tenait plus en place. Paco entra et dit en posant une cafetière sur la table :

« S'il n'est pas chaud, c'est la faute aux clients qui arrivent. Ça n'arrête pas les coups de sonnette.

– Et tu te plains? commenta Rey.

– N'ai-je pas de quoi me plaindre, Leandro? tout ce que je demande c'est un café bien chaud. »

La porte s'entrouvrit et une voix de femme demanda :

« On peut entrer? »

Paco alla voir qui était là.

« C'est Tuna, dit-il. Comment va?

– Bonjour Tuna, dit le patron.

– Enfin te voilà », dit Rey en jetant un coup d'œil à la pendule.

Tuna était une jeune femme au teint cuivré, de petite taille, à l'abondante chevelure noire, un front très étroit, des yeux petits et le regard dur, les pommettes saillantes; elle portait des vêtements très ordinaires mais flambant neufs. Elle était enrhumée.

« Un café, Tuna? demanda le patron. Avec un peu de chance, Paco fera un effort et l'apportera bouillant.

– Merci, je n'ai pas le temps. »

Rey demanda, inquiet :

« Tu n'as pas le temps?

– Mais si, mais si. Je dis simplement que je n'ai pas de temps à perdre. »

Vidal s'était levé de sa chaise; comme on ne le présentait pas, il salua la femme d'une inclination de la tête.

« Eh bien, si tu le veux, on y va », suggéra le patron.

Tuna sortit de son sac un mouchoir en papier, le déplia avec soin et se moucha consciencieusement. Vidal remarqua qu'elle refermait sa main sur la boule de papier humide et que l'émail de ses ongles était rouge foncé. Il se demanda pourquoi cette jeune femme était là. Etait-elle une intermédiaire dans l'affaire? Elle n'en avait pas l'air.

« Nous te suivons », dit Rey.

Vidal sortit le dernier. Les chambres, avec leur longue rangée de portes couleur vert Nil, donnaient sur un balcon couvert; à droite, sous une treille, un passage réservé pour les automobiles. Le patron tourna la poignée de la première porte.

« Non, don Jesús, c'est occupé, dit Paco.

– Toutes les chambres se valent », déclara le patron et il ouvrit la deuxième porte.

Tuna et Rey entrèrent, le patron fit entrer Vidal, prit congé d'eux et referma la porte. Il y avait dans la chambre un grand lit, deux tables de chevet, deux chaises, des grandes glaces. Vidal se dit : « Je suis tombé dans un piège. » Puis il réfléchit que c'était là une idée absurde. Jusqu'à quand, lui qui était déjà fatigué de la vie, resterait-il ainsi au fond de lui-même un enfant? Et qui pis est : un enfant timide. Toujours dans des situations embarrassantes, jusqu'à la fin de ses jours... Il remarqua alors que Rey couvrait de baisers les mains de la jeune femme.

« Tu restes tranquille ou je m'en vais, menaça Tuna. Je t'ai déjà dit que je n'avais pas de temps à perdre.

– Nous serons sages », affirma Rey avec résignation.

Il indiqua une chaise à Vidal et il s'assit au bord du lit. Planté là comme un enfant sage, il paraissait très grand et très gros.

Vidal, distraitement, lut les inscriptions sur les murs : *Adrienne et Martin, Raoul et Céline, Souvenir d'un provincial, Pilar et Robert.*

Tuna avait un gros rhume de cerveau. Elle se mouchait sans cesse dans des mouchoirs en papier qu'elle déposait ensuite en tas sur la chaise restée libre. Rey insinua gentiment :

« Si tu crains d'attraper du mal...

– Si j'attrapais du mal à me déshabiller, affirma Tuna, je serais déjà tuberculeuse. »

A mesure qu'elle enlevait ses vêtements, elle les posait en bon ordre sur le dossier de la chaise. Une fois nue, elle circula dans la pièce, et ébaucha avec une surprenante maladresse quelques pas de danse, leva les bras dans un geste extatique, tourna sur elle-même. Vidal remarqua qu'elle avait la peau grisâtre, depuis les seins jusqu'au bas-ventre, et qu'elle avait un grain de beauté près du nombril. La jeune femme s'approcha de Rey qui l'embrassa. Puis elle prononça quelques mots :

Vidal, tout surpris, se rendit compte que c'est à lui qu'elle s'adressait. Elle lui disait :

« Toi non plus, tu ne veux rien faire? »

Il se hâta de répondre :

« Non, non. Merci. »

Sur le moment même, il se rendit compte qu'il n'était pas impossible qu'il en éprouvât par la suite quelque regret, voire du dépit. Rey assura, dans un grand éclat de rire :

« Ne te gêne pas pour moi... tu peux y aller. Je ne suis pas jaloux. »

Peut-être voulait-il montrer qu'il dominait la situation. Vidal s'apprêtait à lui répondre assez sèchement, quand la fille lui dit d'un air triste :

« Si tu ne veux rien faire, accepte au moins un souvenir. »

Elle sortit de son sac un autre mouchoir en papier, le pressa contre sa bouche et, sous le dessin de ses lèvres ainsi obtenu, elle écrivit tant bien que mal avec son tube de rouge : *Souvenir de Brunette.*

« Merci, dit Vidal.

– On t'appelle Brunette? demanda Rey, intrigué. Tu ne m'avais pas dit qu'on t'appelait Brunette. »

La femme se rhabilla, réclama son argent, en discuta âprement le montant avec Rey. Vidal se souvint que Rey appelait « la minute de vérité » le moment de payer ce qu'il devait.

En se quittant, Tuna et Rey étaient les meilleurs amis du monde. Affectueusement, comme l'aurait fait n'importe quelle nièce avec n'importe quel oncle, ils s'embrassèrent sur les joues.

Quand les hommes furent seuls, Rey fit remarquer :

« La petite n'est pas mal. J'en ai d'autres, pareilles ou presque, tout un essaim, que je peux contacter en permanence par téléphone... Tu veux savoir comment je l'ai découverte? A la rubrique *Gens de maison.* Une annonce insistait tant sur la bonne présentation, qu'elle attira mon attention. Ces filles-là ne sont pas méchantes, mais elles sont sous la coupe de jeunes types qui, eux, sont plutôt dangereux. »

Ils prirent congé du patron et sortirent. Vidal, Dieu sait pourquoi, fut pris de pitié pour son ami. Il aurait voulu lui parler, pour ne pas paraître fâché, mais ils marchèrent un bon moment sans qu'il pût trouver un seul mot à dire. Quand ils passèrent devant la maison qu'on démolissait, Vidal dit :

« Comme ils vont vite à la mettre par terre.

– Ça, pour détruire, c'est là qu'on est le plus rapide », affirma Rey.

Vidal regarda le chantier de démolition. On voyait maintenant, en plein air, le papier de ce qui sans aucun doute avait été une chambre à coucher, avec un carré plus clair là où avait dû être accroché un portrait; plus loin toute l'intimité d'une salle de bain s'offrait aux yeux. Face à la boulangerie, il se rappela la façon dont il s'était débarrassé de Rey l'autre nuit et, comme il suffit d'un précédent pour créer une habitude, il dit soudain, de but en blanc :

« On m'attend. Je te laisse. »

Il s'éloigna d'un pas rapide. En se retournant, il vit de nouveau, comme la veille, le visage replet de Rey qui ouvrait la bouche pour parler.

11

COMME un animal qui a hâte de retrouver son gîte, il avait envie de rentrer chez lui; constatant néanmoins, non sans étonnement, qu'il était énervé il décida de se détendre un peu avant d'aller s'enfermer dans sa chambre pour la nuit. Il se dit qu'un homme de son âge a suffisamment d'expérience pour n'être pas surpris outre mesure par un épisode comme celui de la maison de passe. Il le compara pourtant à certains rêves où la situation n'est ni dangereuse ni angoissante mais qui sont oppressants à cause de l'indéfinissable pouvoir de leurs images. Dieu sait par quelle association d'idées il se souvint alors du chien qu'avaient ses parents quand il était petit, du pauvre Flick qui, au soir d'une longue existence qui n'avait été que sagesse, fidélité et parfaite dignité, s'était mis, devenu vieux, à courir les chiennes du quartier d'une façon inconvenante et bien inutile. Pour la première fois de sa vie, peut-être, Vidal s'était senti offusqué. Son amitié avec le chien n'avait plus jamais été la même et quand celui-ci mourut il avait éprouvé deux sentiments nouveaux : le remords et le chagrin.

Il pensa qu'une conversation avec Jimmy lui ferait du bien. Avec son admirable bon sens, Jimmy l'aiderait à prendre tout cela à la légère, à interpréter ce piège, absurde, qu'on lui avait tendu. Il est vrai qu'il lui serait difficile de raconter l'histoire sans mentionner le nom de

Rey, c'est-à-dire sans se moquer de Rey, mais il était vrai aussi que ce dernier, pour réaliser ses mystérieux desseins, l'avait abusé. Quoi qu'il en soit, il lui déplaisait de se montrer sciemment déloyal envers un ami. Il se rappela alors un principe qui lui permettrait peut-être de laisser le pauvre Rey hors de cause : « On nomme le péché, on ne nomme pas le pécheur. » Combien de temps serait-il capable de jouer le jeu devant Jimmy? Sans trop d'illusions, il arriva rue Malabia où habitait Jimmy depuis qu'on l'avait payé pour qu'il quittât son domicile antérieur, à l'angle des rues Juncal et Bulnes. Il s'était alors installé dans un hôtel avec l'intention d'y rester quelques jours. Sa bonne étoile avait voulu que, là encore, le propriétaire décide de construire un nouvel immeuble et d'indemniser les occupants afin de les déloger sur-le-champ. Jimmy, le dernier arrivé, ayant exigé plus que tout le monde, était resté sur les lieux jusqu'au dernier moment et se trouvait installé maintenant dans la nouvelle bâtisse, qui avait conservé à droite de la porte d'entrée une plaque de marbre noir où on lisait en belle cursive dorée : *Hôtel du Nouveau Lugo.* Jimmy habitait là avec sa nièce Eulalia, une blonde dégingandée et fadasse dont les fonctions dans ce foyer ne manquaient pas de susciter des commentaires, car la plus grande partie des travaux domestiques était accomplie par Laetitia, une servante qui venait dans la journée, créature au physique ingrat, dont la peau surtout était repoussante et rappelait celle d'une momie.

Le Nouveau Lugo avait été à l'origine un hôtel particulier, comme on les construisait au début du siècle, avec cuisine et dépendances au sous-sol. La cuisine était éclairée par une fenêtre en demi-lune qui s'ouvrait au ras du trottoir. Son attention fut attirée par quelque chose, là-bas dans le fond, qui se déplaçait sur le carrelage blanc.

Il s'arrêta, se pencha, regarda. Il lui sembla qu'un couple dansait dans le sous-sol et que cette danse alternait en gestes violents, en abandons soudains, en secousses et en trémoussements. Au bout d'un moment il se rendit compte que la femme qui se débattait, enlacée, n'était autre que Laetitia. Jimmy l'assaillait, méconnaissable dans sa fureur obstinée. Le couple offrait un aspect débraillé, vêtements et cheveux en désordre. Ce spectacle immobilisa Vidal, penché sur le soupirail.

Il fut tiré de sa stupeur par la voix toute proche d'un inconnu qui disait :

« Pire qu'une bête! Le vieux dégoûtant mérite une bonne raclée. »

Vidal se redressa à moitié. Celui qui parlait à côté de lui était un jeune homme maigre, au caractère sans doute austère, intransigeant. Vidal prit instinctivement la défense de son ami.

« Il ne faut rien exagérer, dit-il.

– Ah! c'est ainsi que vous le prenez? » s'exclama le jeune homme, comme s'il voulait le mettre au pied du mur.

Vidal murmura :

« Je ne ferais jamais une chose pareille, mais si cela lui plaît, libre à lui. »

Plus d'une fois, pendant le trajet qui le ramenait à la maison, il regarda en arrière pour s'assurer qu'il n'était pas suivi. Cette étrange succession d'hôtels et d'amours grotesques avait abouti à cette brève conversation ambiguë, qui le laissait mécontent de lui-même. Avait-il quelque chose à se reprocher? Par sa curiosité stupide il avait desservi un ami et il avait ensuite manqué d'autorité pour le défendre. Tout en déplorant cette lâcheté, à laquelle il se jura de ne plus succomber, une fois encore il se retourna pour regarder derrière lui.

12

DIMANCHE 29 JUIN

« BEAU temps ce matin, déclara Nestor, en entrant dans la chambre de Vidal. Aujourd'hui, on n'a pas envie de rester chez soi. Tu viens au football avec nous?

– Je ne crois pas, mon vieux. Il fait encore trop froid.

– A l'intérieur, peut-être. Tu n'es pas encore sorti?

– Si, j'ai été à l'épicerie et à la boulangerie. J'étais si distrait que ce n'est qu'en rentrant que je me suis rendu compte de l'aspect bizarre qu'avait la ville. On dirait un jour de révolution. Ce n'est pas le simple calme du dimanche.

– A cette différence près qu'il y a des agents de police partout. Ils ont déclaré qu'ils ne tolèreraient aucun incident. Allons, quoi? viens voir le match.

– J'ai beaucoup réfléchi.

– A quoi?

– A des sottises. Que nous sommes vieux. Qu'il n'y a pas de place pour les vieux, parce que rien n'est prévu pour eux. C'est-à-dire pour nous. Voilà tout.

– D'abord, tu n'es pas vieux. Et puis, il y a de la place pour tout le monde. La vie a ses plaisirs...

– Je ne sais pas, vieux. Si tu vas rue Las Heras et que tu

voies les jolies femmes... Le monde, à ce point de vue-là, est d'une richesse inépuisable; chaque année apporte sa nouvelle fournée.

– C'est un spectacle stimulant.

– Folie! Dis-toi bien qu'elles ne sont pas pour toi. Si tu les regardes d'un peu trop près, tu es un vieux dégoûtant. »

Nestor l'observa de ses yeux de poule, ronds, inexpressifs, et déclara :

« Les femmes ne sont pas tout dans la vie.

– Comment, elles ne sont pas tout?

– Mais non, la vie offre mille attractions.

– Comme à la foire, nota Vidal.

– Chaque âge a ses plaisirs. »

Une espèce de rugissement se fit entendre non loin d'eux. Vidal enchaîna :

« Dans la vieillesse tout est triste et ridicule : jusqu'à la peur de mourir.

– Je te conseille de venir voir ce match, ça te changera les idées.

– Inutile. Quand je serai rue Las Heras et que je verrai passer les femmes...

– Je t'avouerai une chose : depuis un certain temps, les femmes ne m'intéressent plus. »

De nouveau le rugissement retentit, très proche.

« Que me dis-tu là?

– La pure vérité. Franchement, je n'y fais plus attention. A une époque, je me souviens, que n'aurais-je pas fait pour aller à un rendez-vous!

– Et maintenant, elles te laissent indifférent?

– Complè-plè-tement.

– Complè-plè-tement? imita Vidal, moqueur.

– Plus ou moins, quoi, reconnut Nestor en souriant. Par contre, j'ai découvert la griserie de l'argent. »

Vidal le regarda avec une curiosité non exempte d'admiration. Il avait beau le connaître depuis de longues années, il ne le croyait pas capable de pensées personnelles.

La théorie de Nestor n'était peut-être pas totalement fausse quand il affirmait que ce monde nous réserve toujours des surprises.

« Je vais faire chauffer de l'eau pour le maté, dit Vidal.

– Pas pour moi. Il va falloir que je parte.

– Ne t'en va pas sans m'expliquer comment tu as découvert la griserie de l'argent.

– Tout à fait par hasard... Bien que ces choses-là arrivent toujours à leur heure. Le hasard n'est jamais, sans doute, qu'une illusion. Tu connais Eladio, le garagiste? On allait lui coller une amende pour manque d'hygiène dans ses toilettes. L'inspecteur était un ami et j'ai arrangé la chose. Eladio m'a dit qu'il me revaudrait cela et que j'allais, grâce à lui, gagner beaucoup d'argent. Contre mon gré, car je vivais sans soucis avec Régina et que nous n'avions besoin de rien, il m'a embarqué dans l'achat à crédit d'un appartement.

– Une affaire immobilière comme celle de Rey?

– Je ne connais pas celle de Rey. En ce qui me concerne j'ai dû, pour faire face aux échéances, supprimer toute dépense inutile. Dans le nombre, il y avait les sorties avec les amies de Régina.

– Avec les amies de ta femme? »

On entendit un autre rugissement.

« Je te préviens que tu as un lion dans la pièce à côté.

– C'est le pauvre Isidorito qui dort.

– Les amies de ta femme sont les premières qui s'offrent à toi. Mystères de la nature humaine : d'un côté j'ai perdu le goût des femmes. Pourquoi? Par manque de pratique ou, si tu préfères, par manque de renouvellement. D'un autre côté, j'ai pris goût à l'argent : j'ai voulu augmenter le nombre de mes propriétés.

– Un appartement ne te suffisait pas?

– Je me suis mis à calculer ce qui reviendrait à Nestor, mon fils, une fois payés les droits de succession.

– Une idée franchement gaie, dit Vidal, imitant Jimmy.

– Bien naturelle, non? Tu me diras qu'un autre aurait vécu tranquillement avec le fruit de toutes ces privations. Eh bien, non. Je n'ai pas eu plutôt fini de payer mes traites, que je me suis lancé dans l'achat d'un deuxième appartement. Et je suis en ce moment en plein sur une affaire. Mais, parlons sérieusement, pourquoi ne viens-tu pas avec nous voir jouer River?

– Pense à ton pauvre fils! Il va trouver, si je vous accompagne, qu'on le transforme en nounou pour vieillards.

– Quand finiras-tu par comprendre que tu n'es pas un vieillard? D'ailleurs, veux-tu que je te dise? C'est le petit qui m'a dit de t'inviter.

– A quelle heure partirez-vous?

– A midi.

– Bon. Si à midi je ne suis pas là, ne m'attendez pas.

– Tâche d'être là. Tu as besoin de te changer les idées. »

13

ISIDORITO dormait toujours, Vidal, non qu'il eût tellement faim mais pour donner au jeune homme le temps de se réveiller, se prépara un repas léger : un œuf dur (il se dit : « Dans un moment je sentirai une petite douleur au côté. C'est nouveau »), du pain grillé, un peu de fromage, un morceau de pâte de coing, un petit verre de vin. Il mangea précipitamment, jeta son poncho sur ses épaules, regarda sa montre. S'il ne perdait plus une minute, il les rejoindrait à temps.

Quand il vit Nélida sous le porche, il pensa qu'elle ne s'endimanchait pas comme Antonia et les autres. Habillée pour sortir, elle était ravissante. Il chercha les mots appropriés pour lui faire part de son observation, mais la crainte que celle-ci ne passe pour un compliment galant le poussa à parler plutôt du temps, qui demeurait froid.

« Je ne sais pas, mais il me semble qu'il fait plus doux, dit Nélida.

– C'est l'été de la Saint-Jean. »

Le gardien entra en boitillant; il les salua aimablement et prit part un instant à la conversation.

« Vous l'avez dit. Mais cette année il est en retard, affirma-t-il.

– Voyez comme sont les choses, répondit Vidal. Moi je suis gelé jusqu'aux os. »

Comme s'il se parlait à lui-même, l'autre répliqua :

« L'été de la Saint-Jean, une belle saleté, de la chaleur humide, des rhumes, la grippe. »

Quand le gardien se fut éloigné, Vidal demanda :

« Qu'est-ce qui lui arrive, à celui-là?

– Pourquoi dites-vous cela?

– Il n'est plus le même. Il est plié en deux et il boite, mais surtout il a l'air tout radouci.

– Que voulez-vous, monsieur, on l'a roué de coups.

– Pour une fois, ce n'aura été que justice. On l'a rossé?

– Ici même, sous le porche. Vous n'avez pas entendu le bruit qu'ils ont fait?

– Oui, je me rappelle maintenant. Hier matin.

– A midi.

– Jeudi, à midi. » Il pensa que Nélida était trop jolie pour qu'il continuât à parler du gardien, aussi demanda-t-il :

« Que faites-vous, si pimpante, près de cette porte? »

Il avait voulu dire une gentillesse, mais dans sa maladresse il en avait fait une question indiscrète.

Nélida répondit :

« J'attends mon fiancé. »

La phrase établit une distance entre eux. Vidal sourit, la regarda tristement, hocha la tête, et partit. Il pensa qu'il était déjà assez absurde qu'un homme comme lui se troublât parce qu'il faisait la cour à une jeune fille, mais qu'il se troublât en lui parlant innocemment, c'était impardonnable. Voulant se ressaisir, il regarda autour de lui comme s'il cherchait quelque chose et dit tout haut : « Nestor n'exagérait pas. La matinée est splendide. » Il marcha en évitant les poubelles qui bordaient la rue sur deux longues files parallèles. Etant l'ami de Nestor depuis si longtemps, comment était-il resté tant d'années sans le connaître? Il avait donc vécu dans une perpétuelle distraction? « On ne peut pas dire que je sois curieux, c'est une affaire entendue, et l'on dit que sans curiosité on ne fait pas de découvertes, mais tous les gens curieux et indiscrets que j'ai connus étaient stupides. » Nestor s'était révélé capable de voir la vérité en face et d'en parler simplement. Après cette tirade sur l'attrait de l'argent, cette sorte de moquerie de soi-même, comment ne pas le trouver sympathique? On parle beaucoup de solitude, mais entre amis on n'est jamais seul.

Rangée le long du trottoir, à l'angle de la rue, il aperçut une charrette de brocanteur avec un chargement de bouteilles vides et de vieux journaux. Sur le flanc de la charrette il lut l'inscription suivante : *Gigolo pour filles pauvres.* Tandis qu'il réfléchissait paisiblement au fait que grâce à l'humour de son peuple toute une ville prend conscience d'elle-même et forge son unité, il entendit sur le mur à sa gauche, assez haut, à une distance d'à peine deux mètres, ce qu'il devina tout de suite être un éclatement. Il n'était pas remis de sa surprise lorsqu'il vit l'homme à la charrette, sans qu'il l'eût provoqué le moins du monde, améliorant nettement son tir, lui lancer une deuxième bouteille. Sentant sur son visage, non pas l'objet lui-même, mais la gifle de l'air déplacé, il quêta du regard un secours auprès des trois ou quatre témoins de la scène – celui qui s'apprêtait à traverser la rue et qui s'immobilisa, et ceux qui bavardaient devant la porte d'un immeuble – et dans ce bref laps de temps il lut sur chacun des visages la dure expression figée du chasseur qui se prépare à fondre sur sa proie. Il tourna instinctivement les talons et se mit à courir. Il fut surpris de constater – il s'était pourtant distingué sur les courtes distances, dans son jeune temps, au club sportif de Palermo – qu'il se fatiguait beaucoup et qu'il se sauvait à une allure désespérément faible. Tout ceci – l'attaque qu'il jugeait gratuite, la fatigue, signe d'une décadence physique insoupçonnée, le manque de rapidité de sa course, qui l'effraya presque autant que son agression – l'affecta visiblement. Nélida, qui attendait toujours devant le portail, lui tendit les bras pour le recevoir et lui demanda :

« Qu'est-ce qui vous arrive, Isidro? »

Soudain, il eut une hésitation. Son abattement avait-il encore un lien quelconque avec le fait qui l'avait provoqué? S'il le racontait à Nélida, comment éviterait-il qu'elle ne pense et peut-être ne dise : « Il n'y a pas de quoi vous mettre dans cet état? » Il se verrait alors dans la situation d'un enfant qui a eu peur, et qui monte l'affaire en épingle, jusqu'à ce qu'on découvre la vérité. Depuis quelque temps, il n'était plus le même. Il n'avait jamais été un bagarreur, mais jamais non plus un lâche. Pour la deuxième fois de la semaine il rentrait dans sa chambre aidé par cette jeune fille. De telles choses ne lui arrivaient pas auparavant. Il se tairait, que pouvait-il faire d'autre? Mais si Nélida l'interrogeait avec trop d'insistance, jusqu'à quand pourrait-il se taire? Et, après l'attente causée par son silence, la révélation finale paraîtrait dérisoire et son discrédit n'en serait que plus grand.

Déjouant toutes ses prévisions Nélida ne lui posa aucune question. Vidal la contempla avec reconnaissance. Il comprit cependant que ce manque de curiosité obéissait probablement à la conviction intime qu'il n'y avait pas grand-chose à expliquer. Il dit soudain de but en blanc, peut-être par amour-propre :

« J'ai été attaqué, on m'a lancé des bouteilles à la tête. »

Assise près de lui, au bord du lit, Nélida avait passé un bras autour de son cou et le réconfortait doucement. Vidal pensa : Parce qu'elle me prend pour un vieux, elle me dorlote comme un enfant.

14

SON visage était tout près du sien. Il avait les yeux fixés sur ses lèvres, sur des détails de sa peau, sur son cou, sur ses mains qui lui parurent expressives et mystérieuses. Soudain il pensa que ne pas l'embrasser allait être une frustration intolérable. Il se dit : « Ce serait une folie. » Il réfléchit que s'il l'embrassait, il gâcherait toute la tendresse qu'elle lui témoignait spontanément. Il commettrait une erreur qui la décevrait, qui le ferait passer pour un grossier personnage, prêt à déformer ce qui n'était qu'un simple élan de générosité; pour un hypocrite, qui feint la vertu, alors qu'il est la proie de ses appétits les plus bas; pour un sot qui se risque à les dévoiler. Il se dit : « Cela ne m'arrivait pas auparavant » (et il se dit aussi que cette phrase lui revenait sans cesse à l'esprit). « Dans une pareille situation, j'étais un homme en face d'une femme; maintenant... » Et si maintenant il se trompait? S'il perdait, par une incorrigible timidité, l'occasion rêvée? Pourquoi ne pas voir les choses simplement, ne pas comprendre que Nélida et lui...

« Nélida! Nélida! » cria une voix forte, sous le porche.

La jeune fille rougit. Vidal fut sur le point de lui suggérer de sortir par la chambre voisine, mais, heureusement, il ne dit rien, car il comprit aussitôt que la proposition était lâche et stupide, offensante en outre pour une jeune fille qui avait sa fierté. Nélida tapota ses cheveux, sa robe. Vidal réfléchit que si quelqu'un les voyait tous deux, il admettrait difficilement son explication des faits, il le traiterait de menteur et, pour finir, probablement d'idiot. Cette pensée semblait contredire celles qu'il avait eues un instant plus tôt.

Sans le regarder, la tête haute, Nélida ouvrit la porte et s'en alla. Vidal tendit l'oreille. Après un moment de silence, la voix de l'homme, dehors demanda :

« Où étais-tu fourrée?

– Ne me parle pas sur ce ton », répondit la jeune fille.

Il se leva, prêt à sortir pour la défendre. Il resta immobile, aux aguets, mais il comprit que la situation ne dépendait plus de lui et il s'allongea sur son lit. En homme résigné aux frustrations, il chassa les idées noires, et s'endormit. Il se réveilla peu de temps après, frais et dispos.

Refusant de s'inquiéter à propos de Nélida, il se dit : les fiancés se disputent aussi vite qu'ils se raccommodent. Il se dirigea vers les cabinets et, cette fois-ci, il eut la chance de ne rencontrer personne. Il but l'eau fraîche au robinet sous lequel il se passa la figure : un plaisir sans mélange. Après l'incident de l'agression, la conduite la plus raisonnable était sans doute de rester chez lui. N'avait-il pas lu, dans il ne savait plus quelle revue, que tout le malheur de l'homme vient de ce qu'il ne sait pas rester dans sa chambre? Comme il est non moins vrai que la chance sourit aux audacieux, il résolut de sortir, d'aller comme chaque après-midi place Las Heras retrouver ses amis sur un banc, au soleil.

15

IL fut content d'apercevoir Jimmy. Bien reconnaissable à son vieux manteau gris, avec ses marques luisantes de fer à repasser, il était assis sur l'un des bancs proches de la statue du général Las Heras. Le soleil éclairait en plein son visage, rose et chafouin, hérissé de poils blancs. Une tête de renard qui ne se raserait pas tous les jours. Comme le renard, il semblait dormir, mais il ne se laissait jamais surprendre.

« De nos jours, on est plus en sécurité au dehors qu'en dedans, dit Jimmy. Tu l'as constaté toi aussi? »

Il semblait le féliciter, d'un ton plutôt narquois. Vidal le regarda affectueusement, parce qu'il savait que ces plaisanteries plus ou moins moqueuses correspondaient à la façon d'être, au tempérament de Jimmy, et pas nécessairement à l'opinion qu'il avait de son interlocuteur. Une vieille amitié est comme une maison vaste et confortable où l'on peut vivre à l'aise.

Peut-être parce qu'il avait vécu de mauvais moments – l'attaque dont il avait été victime, la haine lue sur le visage des passants, sa fuite à toutes jambes, sa scène prolongée avec la jeune fille, scène plutôt agréable mais gâchée par son indécision qui pouvait passer pour un manque de courage, et par sa conclusion décevante – peut-être parce que tout cela était maintenant du passé, et plus encore parce qu'il se sentait tout à fait rétabli, prêt à oublier ses échecs, à affronter l'avenir, il se sentit envahi par un sentiment d'euphorie qui se traduisit aussitôt en paroles. Comme on entame un hymne martial avant une bataille, il se récita des vers, oubliés depuis l'enfance, que son père aimait à déclamer :

Peu m'importent les mauvais coups
Dont m'accable le sort

et il dit à Jimmy, d'un ton détaché :

« Devine ce qui m'est arrivé hier? »

Il raconta son aventure dans la maison de passe. Jimmy était médusé. Réprimant avec peine un fou rire qui faisait larmoyer son visage congestionné, il déclara :

« Les vieux sont vraiment dégoûtants. Le pauvre Rey ne se contente pas de faire des cochonneries. Il faut encore qu'on le regarde.

– Mais c'est qu'il n'a rien fait.

– Justement, tout est là, s'écria Jimmy, qui riait encore. Il veut s'humilier en public.

– Comment pourrait-il vouloir une chose pareille?

– Tu ne sais pas ce qu'un vieillard impuissant peut être immonde. »

Vidal imagina Faber, accroupi près des cabinets, guettant les jeunes filles, Rey baisotant les mains de Tuna, Jimmy excité comme un chien.

« Ils sont grotesques mais ils ne font pas rire, commenta-t-il. Ils sont plutôt choquants.

– Je ne les trouve pas choquants. Les gens sont devenus trop délicats. Je trouve, moi, qu'un vieux finit toujours par ressembler à une caricature. C'est à mourir de rire.

– Ou de tristesse.

– De tristesse? Pourquoi? Est-ce que tu crains d'en être arrivé toi-même au temps du Carnaval?

– Peut-être bien.

– Bon pour le grand défilé des masques?

– Chacun se fait, petit à petit, son propre déguisement, reconnut Vidal.

– Et pourtant, il ne lui va pas tout à fait bien, répondit Jimmy, visiblement stimulé par l'attention que lui prêtait son ami. Comme un costume qu'on aurait loué. Il est trop large. L'effet est grotesque.

– Horrible. Tout n'est qu'humiliation. On finit par se résigner à ses faiblesses, comme des clochards.

– A n'être qu'une ordure. Une sorte de mollusque, tremblant et baveux. Je n'aurais pas cru que Rey en fût là. Si majestueux derrière sa caisse, il nous cachait d'intéressants entractes, des bas-fonds...

– N'exagérons rien.

– Qu'est-ce qu'il te faut? Il la baisotait aussi avidement qu'il s'empiffre de fromage et de cacahuètes. »

Vidal répondit du tac au tac :

« Ou que tu te jettes sur Laetitia. »

Ses paroles le consternèrent. Il avait voulu défendre Rey, non pas blesser Jimmy.

Il ne le blessa pas, Jimmy accueillit cette sortie par un rire d'une franche gaieté.

« Ah! tu m'as vu du trottoir? Il m'avait bien semblé que c'était toi, mais je n'ai pas eu le temps de m'en assurer. Je n'allais pas laisser cette stupide créature m'échapper de nouveau. J'ai pour principe de ne pas perdre les occasions. Pas toi?

– Il y a occasions et occasions.

– Oui, mais j'aime mieux ne pas risquer d'avoir des regrets.

– Avec ta petite amie, ça n'a pas été le cas, il me semble.

– Qu'est-ce qu'elle a ma petite amie, comme tu dis? Au fond, toutes les femmes sont pareilles et avec celle-là je n'ai ce qui s'appelle aucun ennui.

– Mais, excuse-moi, vieux, elle n'est pas très belle.

– Je n'ai qu'à penser à une autre. L'essentiel c'est qu'il y en ait toujours une qui te plaise. Mais si en cherchant bien, tu n'en trouves aucune, tu peux commencer à t'inquiéter, car c'est la preuve que tu vieillis. »

C'était toujours la même chose. Vous pensiez lui avoir rivé son clou et sans vous en apercevoir vous étiez déjà en train d'écouter ses conseils. Jimmy était inattaquable.

« Tu as réponse à tout », dit Vidal, affectueusement admiratif. Parmi tant de gens prêts à s'avouer vaincus, Jimmy était un roc qui soutenait le monde. Du moins son monde à lui et celui de ses amis.

Comme le soleil ne chauffait plus, ils décidèrent de rentrer. Soudain Jimmy suivit des yeux un taxi qui avançait lentement rue Conning.

« Tu le prends? »

La voiture s'arrêta au milieu du pâté de maisons.

« Penses-tu! J'observe, simplement. J'observe. A l'heure actuelle il s'agit d'ouvrir l'œil. Je parie que tu n'as pas remarqué qu'il y a un agent de police à côté du chauffeur. »

Ils traversèrent la rue et s'approchèrent du taxi. A l'intérieur, une vieille femme pleurait.

« Qu'a-t-il pu se passer? demanda Vidal.

– Mieux vaut ne pas intervenir.

– Pauvre femme!

– Qu'elle est laide! Moi, je ne la regarde pas, Dieu m'en garde! Elle doit porter malheur. Elle pourrait me jeter un sort.

– Je m'en vais, dit Vidal.

– Ce soir nous jouons chez Rey », lui annonça Jimmy.

« Il avait raison, pensa Vidal. Je n'aurais pas dû regarder la vieille. Je le savais bien que cette vie n'est qu'une vallée de larmes. »

16

UN peu avant la rue Salguero, il rencontra son fils.

« Quelle bonne surprise! s'écria-t-il.

– Tu parles! Tu n'as pas l'air de te rendre bien compte du climat actuel. »

Vidal pensa que le fossé entre les générations était infranchissable. Puis il réfléchit : « Ce fossé n'existe pas. » C'est la faute de la doctoresse psychiatre, cette demoiselle qui tenait lieu à son fils de confesseur et d'oracle; ou sinon, celle de Farrell et de ses Jeunes Turcs. Ce qui était sûr, c'est qu'il s'était résigné à ne pas comprendre les sornettes qu'on lui débitait à tout propos. Changeant de sujet de conversation, il demanda :

« Comment a été le match?

– Ne m'en parle pas. La composition de l'équipe laissait plutôt à désirer. Crosta me le disait bien : il n'y a plus de discipline. Aujourd'hui les garçons ne pensent qu'à une chose : gagner de l'argent, toujours plus d'argent. Toute la semaine l'alcool et les femmes; la veille, ils arrivent nerveux au stade, ils se crèvent et à l'heure du match, ils jouent comme des savates. On se demande après pourquoi notre grand football national est devenu l'ombre de lui-même.

– Je croyais que les vieux n'étaient bons à rien?

– C'est vrai. De votre temps, vous ignoriez le travail d'équipe et la planification. Tu ne vas pas comparer un football égoïste, triomphe de l'individualisme et de la fantaisie, avec l'organisation scientifique de l'équipe dans ses moindres détails qui est aujourd'hui de rigueur.

– Y a-t-il eu des incidents?

– Dans les tribunes, çà et là, quelques incidents sans importance, mais d'une façon générale l'ordre et la discipline ont régné, au point que les gens s'ennuyaient.

– Ecoute, j'oublie tous les jours de t'en parler. Boutefeu m'a demandé de t'interroger.

– De m'interroger?

– Pour son dentier. Il veut savoir s'il peut espérer qu'on le lui rendra.

– Tu voudrais peut-être que je m'expose pour lui? Les gens ont perdu la tête. Je me trouve dans une situation délicate et mon propre père veut me pousser...

– Pourquoi dis-tu que ta situation est délicate?

– Ça, c'est la meilleure! Pour ne pas t'inquiéter, je ne voulais pas t'en parler, mais sais-tu ce qu'on m'a raconté?

– Non.

– Le camionneur et sa bande ont appris, je ne sais comment, que je t'avais caché dans le grenier. Il paraît qu'ils sont furieux. »

Vidal n'insista pas pour ne pas contrarier son fils et, surtout, pour ne pas provoquer une de ces explications par a plus b, si préjudiciables à leur bonne entente. Ils se dirigeaient vers la rue Paunero. Il se rappela la phrase d'une voisine, à l'époque où Isidorito était encore au berceau : « Vous les verrez, plus tard, se promener un jour ensemble, si fiers l'un de l'autre. »

« Je ne veux pas te déranger, mais tu sais comme Boutefeu peut être assommant, je dirais même tyrannique.

– Il ferait bien de faire attention.

– Il n'est pas seul, tu sais. Il peut compter sur son neveu, qui est prêt à le défendre. »

Le visage de Isidorito prit la couleur d'un thé dans

lequel on aurait versé trop de lait. Ses grosses lèvres, aux commissures tirées vers le bas, lui donnaient une expression apeurée, ignoble.

« Ecoute, papa, dit-il, il est grand temps que tu comprennes ce qui se passe. Tout compte fait et en définitive, quelle est la victime la plus probable de tous ces groupes de pression? Au lieu de me créer de nouvelles difficultés, pour ton propre bien, use d'une grande diplomatie avec les uns et les autres et laisse-moi tranquille. La position d'un homme comme moi, à l'heure actuelle, n'est pas du tout enviable.

– Très bien, mais si les Bogliolo, l'oncle et le neveu, nous tombent dessus...

– Ecoute, tout le monde est pieds et poings liés. Eux aussi. Antonia, qui était une activiste acharnée, s'estime heureuse maintenant de ne pas attirer l'attention. Le neveu de Bogliolo, ne serait-ce que par égard pour elle, évitera d'agir.

– Qu'est-il arrivé à Antonia?

– Mais enfin, papa, où vis-tu donc? Tu ne sais pas que Mme Dalmacia a eu une attaque foudroyante?

– Pauvre femme!

– Tu veux dire : pauvres nièces! La maladie, qui progresse de l'extérieur vers l'intérieur, lui a paralysé je ne sais plus quel centre nerveux, si bien que la dame, qui ne peut plus se contrôler, s'est bel et bien transformée en homme. Si on ne lui avait pas enlevé les petites, elle en aurait fait de la bouillie. Un vrai scandale.

– Ce n'est pas une façon de parler d'une personne qui pourrait être ta grand-mère.

– D'abord, qui t'a dit que je voulais une grand-mère? Et puis cette dame est devenue une bête qui crie pour qu'on l'achève. Qu'est-ce qu'il te faut de plus? Pendant qu'ils règlent leurs affaires, il y a des chances pour qu'ils te laissent tranquille. »

Quand il tourna à l'angle de la rue Paunero, Vidal eut soudain le sentiment très net d'être seul. Il dirigea son regard vers l'endroit où aurait dû se trouver Isidorito : il n'y avait plus personne. Il se retourna. Isidorito s'éloignait en direction de la rue Bulnes.

« Tu ne rentres pas? lui cria Vidal.

– Si, je rentre, mon vieux. J'ai une course à faire et je rentre », répondit le jeune homme en maugréant.

Vidal pensa qu'il arrive sans doute un moment dans la vie où, quoi que vous fassiez, vous ne faites qu'ennuyer le monde. Il ne vous reste alors qu'un seul moyen de récupérer votre prestige : mourir. Il ajouta, non sans ambiguïté : pour si peu de temps, ça ne vaut guère la peine.

Il était arrivé. La crainte que Bogliolo, adossé au portail, n'eût surpris son monologue, l'incita à le saluer très cordialement :

« Comment allez-vous, monsieur Bogliolo? Quoi de neuf? »

L'autre ne répondit pas immédiatement. Il dit enfin :

« Ne vous étonnez pas si je ne réponds pas à votre salut. Quelqu'un qui ne me rend pas le service que je lui ai demandé, je le considère comme mort. Je dirais même plus : je n'y attache pas plus d'importance qu'à une crotte. »

Vidal le regarda par en dessous, courba le dos et gagna sa chambre. Quand il eut refermé sa porte, il se promit, s'il devenait un jour un géant, de rouer de coups Bogliolo. Il faisait froid dans la pièce. Il se dit : « C'est curieux. Je parlais avec Isidorito de cet individu et deux minutes après, voilà que je le rencontre. » Il pensa que ces présages – peut-être de simples coïncidences – vous rappellent que la vie, si limitée et concrète pour celui qui y cherche des symboles de l'au-delà, peut toujours vous faire vivre des cauchemars désagréablement surnaturels. Il mit de l'eau à chauffer. Il fallait qu'il se souvienne de parler à Arévalo du thème des présages. Dans leur jeunesse, au cours d'interminables promenades nocturnes, ils avaient eu de grandes discussions philosophiques;

puis, apparemment, ils s'en étaient lassés. Il apporta le pot à tisane et le maté, s'installa dans son fauteuil à bascule, sirota son maté et, distraitement, se balança. Il ferma les yeux. Il entendit dans la rue un klaxon comme ceux des voitures de jadis. Quand il entendit au loin le tramway qui, après le virage, tanguait avant de prendre son élan puis, dans un crissement métallique, avançait en accélérant, il comprit qu'il rêvait. S'il ne parvenait à ne se souvenir de rien de ce qui était arrivé depuis, il pouvait espérer que c'était l'aube, qu'il était dans la maison de son enfance, rue Paraguay, et que ses parents dormaient dans la chambre à côté. Il entendit un aboiement. Il se dit que c'était Flick, le chien, attaché près de la glycine dans la cour intérieure. Il imagina ou rêva une conversation où il parlait de son rêve à Isidorito, qui le trouvait amusant à cause de la présence des vieux tramways et des automobiles dont les klaxons émettaient des sons ridicules. Il était difficile, rétrospectivement, de distinguer ce qu'il avait pensé de ce qu'il avait rêvé. Il crut comprendre pour la première fois pourquoi on disait que la vie est un songe : si on vit assez longtemps, les faits d'une vie, comme ceux d'un songe, deviennent intransmissibles parce qu'ils n'intéressent plus personne. Les êtres eux-mêmes, une fois morts, deviennent des personnages irréels pour celui qui leur survit; ils s'estompent, on les oublie comme des rêves auxquels on a cru, mais dont personne ne veut plus écouter le récit. Il y a des parents qui trouvent dans leurs enfants un auditoire complaisant, ce qui fait que dans l'imagination crédule de quelques enfants les morts retrouvent parfois un dernier semblant de vie, qui très vite à son tour s'efface comme s'il n'avait jamais existé. Vidal se dit qu'il avait de la chance d'avoir encore ses amis Nestor, Jimmy, Arévalo, Rey et Dante. Sans doute avait-il rêvé, car il sursauta quand on frappa à sa porte. La chambre était plongée dans l'obscurité. Vidal se passa la main dans les cheveux, rajusta sa cravate et ouvrit. Il distingua la silhouette imprécise de deux hommes.

17

APRÈS un instant d'hésitation, il reconnut Eladio, le garagiste. L'autre, qui se tenait légèrement en retrait, lui était inconnu. Obéissant à une vieille tradition d'hospitalité, Vidal demanda :

« Qu'y a-t-il pour votre service, messieurs? Mais entrez, je vous prie. Entrez donc. »

Eladio était un homme d'âge mûr, plutôt petit, rasé de près, le nez mal centré, les lèvres formant un pli amer. Il prononçait les « s » en chuintant, comme s'il avait trop de salive dans la bouche.

« Non merci, répondit-il. Nous devons retourner auprès de nos amis.

– Ne restez pas à la porte. Entrez, je vous en prie », insista Vidal.

Les visiteurs n'entrèrent pas et il oublia d'allumer la lumière. Il crut discerner dans l'attitude d'Eladio une certaine réticence qui l'irrita. Il se demandait ce que l'autre, l'inconnu, faisait là, qui il était et pourquoi on ne le lui présentait pas. L'inconnu restait dans l'ombre du couloir. « Je le connais ou je l'ai rencontré récemment quelque part », se dit Vidal. Eladio était manifestement nerveux. Vidal pensa que s'ils venaient le déranger, ils se devaient au moins de lui expliquer au plus vite le but de leur visite; ils l'avaient tiré de son sommeil, ou de sa méditation, et maintenant ils se comportaient de façon incompréhensible. Il allait leur dire une fois de plus d'entrer, quand il vit qu'Eladio souriait timidement. Ce sourire était tellement inattendu, qu'il en resta sans parole. Non moins surprenants pour lui, après ce sourire, furent les mots qu'il entendit alors :

« Il est arrivé quelque chose de désagréable. Je ne sais comment vous le dire – Eladio eut un pauvre sourire et répéta – je ne sais comment vous le dire. C'est pourquoi je suis venu avec ce garçon, en renfort comme on dit, parce que je suis maladroit dans ce genre d'affaires et que je n'ai pas voulu venir seul. Mais où ai-je la tête, je ne vous ai même pas présenté Paco. Vous le connaissez? Paco, le garçon de l'hôtel. J'aime mieux ne pas penser à la façon dont va s'y prendre le Vilaseco, tout seul pour s'occuper des clients. Il doit courir sans cesse d'une chambre à l'autre...

– Ecoutez, même si c'est désagréable, dites-moi ce qui est arrivé.

– On a tué Nestor.

– Ce n'est pas possible!

– C'est comme je vous le dis. Dans la tribune. Cela paraît incroyable.

– Où le veille-t-on? » demanda Vidal et il se rappela les moqueries de Jimmy, quand il avait posé, l'autre jour, la même question.

« Je ne sais où on le veillera, mais ses amis sont chez lui, auprès de Mme Labarthe.

– Et son fils?

– Ah! ça, vous m'en demandez trop. Il sera en train de s'occuper des formalités d'usage, comme chaque fois qu'il s'agit de mort violente. Je voulais vous dire, don Isidro, que je partageais votre peine. Je sais que vous étiez de grands amis. Moi aussi, j'aimais beaucoup Nestor. Voilà, maintenant nous partons.

– Je m'en vais avec vous. Vous m'attendez? Je prends mon poncho et nous partons. J'ai l'impression qu'il fait froid de nouveau. »

Il tournait sa clef dans la serrure quand il entendit des rires sous la voûte. Il y avait là Nélida, Antonia et Bogliolo, qui soudain se turent. En passant devant eux il eut une petite inclination de la tête, et il pensa que les jeunes filles, et même Bogliolo, comprenaient certainement et respectaient son chagrin. Ce respect supposé faisait naître en lui un sentiment voisin de l'orgueil. Une fois dehors il se posa tout à coup cette question troublante : que faisait donc Nélida avec Bogliolo? Il pensa que son ami était mort et qu'il commençait déjà à l'oublier. Ce reproche, à vrai dire, était injuste, car en ce moment, la mort de Nestor, comme un accès de fièvre, dédoublait sa personnalité, altérait les choses au point que les maisons ocre, à sa droite et à sa gauche, l'oppressaient comme des murs de prison. Il aperçut au loin trois ou quatre brasiers allumés les uns derrière les autres, qui donnaient avec leurs lueurs rouges, sillonnées d'ombres, une profondeur insolite à sa rue. Ce spectacle ne manqua pas non plus de l'inquiéter.

Eladio dit en guise d'explication :

« Les feux de la Saint-Pierre-et-Paul. Les enfants et les jeunes gens dansent autour.

– Quel entrain! répondit Vidal. On dirait des démons. »

18

LES amis, réunis dans la salle à manger de la maison de Nestor, autour d'un poêle à pétrole, bavardaient avec animation tout en fumant. Une casserole d'eau avec des feuilles d'eucalyptus était posée sur le poêle. La pendule murale marquait toujours midi. Jimmy lisait un journal à haute voix. Tous se turent pour accueillir les nouveaux arrivants. Quelqu'un secoua la tête et Rey demanda mélancoliquement à Vidal :

« Qu'est-ce que tu en dis? »

Vidal remarqua que Arévalo portait un costume neuf. Il se dit : « Impeccable. Bien coiffé. Il faut que j'en parle à Jimmy. C'est un mystère. » Il se rappela Nestor et demanda :

« Qu'est-ce qui s'est passé?

– Nous n'avons pas encore tous les éléments nous permettant d'y voir clair, répondit Rey d'un air important.

– Son vaurien de fils n'aurait pas dû les laisser faire, affirma Jimmy.

– Qu'est-ce que vous dites? demanda Dante.

– Vous êtes témoins que j'ai tout fait pour l'en empêcher, déclara Rey. Je lui avais bien dit que c'était un suicide.

– Le pauvre, fit observer Arévalo, croyait qu'étant avec son fils il ne lui arriverait rien.

– Je lui avais bien dit que c'était un suicide, répéta Rey.

– Pauvre garçon, dit Vidal. Quel poids sur sa conscience !

– Je ne crois pas que cela l'empêche de dormir, dit Jimmy.

– De quoi parlez-vous ? » demanda Dante.

Rey répondit :

« C'était un suicide. »

Un homme chauve fit son entrée, calme, imposant, les mains énormes, luisantes quoique apparemment sèches; il avait une toute petite voix douce. On expliqua que c'était un parent de Nestor ou de Mme Labarthe. En entendant le nom de cette dernière, Vidal demanda :

« Où est-elle ? »

Rey répondit avec emphase :

« Dans ses appartements.

– Puis-je aller la saluer ? insista Vidal.

– Laisse-la donc, conseilla Jimmy, avec impatience. Tout compte fait, tu ne l'as jamais vue.

– Qu'est-ce que tu étais en train de lire ? » demanda Vidal.

Deux jeunes gens entrèrent. L'un en plein âge ingrat, maigre, le visage boutonneux. L'autre, plus petit, le visage rond et les yeux protubérants qui semblaient regarder par en dessous, avec une curiosité mal dissimulée. Les jeunes gens saluèrent, de loin, en inclinant la tête d'un geste saccadé, et s'assirent à l'autre bout du salon. « Là où il fait le plus froid », pensa Vidal. « Par bonheur, nous les vieux, nous avons pris possession du poêle. L'odeur de l'eucalyptus, mêlée à celle du pétrole, est une odeur de grippe. » Il se souvint de Nestor.

« Tu les vois ? dit Jimmy en montrant les jeunes gens. Ces types ne me plaisent pas.

– Qu'est-ce que tu étais en train de lire ?

– L'article sur *La Guerre au cochon*, dans *La Dernière Heure*.

– La guerre au cochon? répéta Vidal.
– Pourquoi, dit Arévalo, pourquoi *au cochon*?
– Ce « au » me semble incorrect, dit Rey.
– Mais non, protesta Arévalo. Je me demande pourquoi ils parlent de *cochon*. Les Argentins ne sont logiques en rien, même pas dans l'emploi des mots. Nous avons toujours parlé de *porc*.
– Il suffit du caprice d'un journaliste et tout le pays parlera de la guerre *au cochon*, fit remarquer Rey.
– Ne crois pas cela, dit Dante. *Critique* parle de *Chasse aux hiboux*.
– Le hibou me semble mieux choisi. C'est le symbole de la philosophie, déclara Arévalo.
– Mais avouez, dit Jimmy, en montrant Arévalo et Rey, que vous préférez, vous deux, qu'on vous traite de *porcs*. »
Ils acquiescèrent en riant. La voisine entra, portant un plateau avec des tasses de café.
« Un peu de tenue, messieurs. Vous oubliez qu'il y a un mort dans la maison.
– On l'a amené? demanda Vidal.
– Pas encore, mais c'est tout comme, répondit la femme. Servez-vous.
– C'est affreux, dit Dante. On l'a amené et nous continuons à discourir comme si de rien n'était. »
Tout en tournant son café dans sa tasse, Vidal demanda à Jimmy :
« Bon, mais pourquoi ces hiboux et ces porcs?
– Va-t'en le savoir!
– D'où leur vient cette idée? Ils disent que les vieux – expliqua Arévalo – sont égoïstes, matérialistes, voraces, grognons. De vrais cochons.
– Ils n'ont pas entièrement tort, remarqua Jimmy.
– Nous verrons ce que tu en penseras quand ils t'attraperont, dit Dante.
– Qu'est-ce que tu me chantes, répondit Jimmy. Je ne

suis pas vieux. Tout le monde m'assure que je suis dans la fleur de l'âge.

– C'est ce qu'on me dit à moi aussi, affirma Rey.

– Moi, j'en ai par-dessus les oreilles de me l'entendre répéter, dit Dante.

– Toi, ce n'est pas pareil, protesta Jimmy avec humeur.

– Ce n'est pas pour rien que les Esquimaux ou les Lapons emmènent leurs vieux en pleine neige pour qu'ils y meurent de froid, dit Arévalo. On ne peut défendre les vieux que pour des raisons sentimentales : à cause de ce qu'ils ont fait pour nous, parce qu'ils ont aussi un cœur et qu'ils souffrent, etc. »

Jimmy, en veine de plaisanter de nouveau, fit remarquer :

« Heureusement que les jeunes ignorent ce détail, sinon pauvres de nous. Je crois que même les activistes des Comités de Jeunesse...

– Ce qui est grave, dit le monsieur aux mains énormes, c'est qu'ils n'ont pas besoin de bonnes raisons. Ils s'arrangent avec celles qu'ils trouvent. »

Un homme entra, maigre et de petite taille, le nez pointu. Il demanda :

« Sait-on ce qui s'est passé?

– Si vous voulez mon opinion, dit Arévalo, derrière cette guerre contre les vieux il n'y a pas autre chose qu'un mouvement romantique en faveur de la jeunesse.

– Sait-on ce qui s'est passé? répéta le nouveau venu. Il semblerait qu'il ait été jeté par terre et piétiné par les gens qui montaient et descendaient dans la tribune.

– Pauvre Nestor, piétiné par ces brutes », s'écria Vidal.

A l'autre bout du salon, le plus grand des deux jeunes garçons annonça :

« Les voilà.

– Eh bien, je retourne à mes affaires, déclara Eladio.

Que nous soyons là, ou non, pour le pauvre Nestor c'est du pareil au même.

– Vous me devez de l'argent, dit Rey à ses amis. J'ai commandé une couronne, en notre nom à tous.

– Elle est en or massif, ou on t'a volé, assura Dante en payant sa part.

– Je te le disais bien, Isidro, reprit Jimmy, en clignant de l'œil, que les couronnes étaient chères. »

19

BIEN que liés d'amitié depuis de longues années, c'était la première fois que Vidal entrait dans la chambre de Nestor. Il jeta un rapide coup d'œil sur des portraits de personnes inconnues et il se dit : « L'intimité que chacun a gardée pour soi ne nous a pas empêchés d'être amis. » Cette observation l'amena à se faire cette réflexion : « Aujourd'hui tout le monde est intime et personne n'est ami. » Une dame dit :

« Le pauvret est tout défiguré. »

Il avait été moins ému en apprenant la mort de Nestor qu'en entendant le désigner par ce diminutif. « Je pleure comme un gosse, pensa-t-il. Ou comme un abruti. J'ai honte! »

Il ferma les yeux. Il ne voulait pas que le dernier souvenir de son ami fût l'image d'un mort. Il s'apprêtait à saluer Mme Labarthe, mais il la trouva si effondrée et si vieille, qu'il retira la main qu'il lui tendait déjà. Il retourna dans la salle à manger.

« Je te signale, dit Arévalo, que ce grand garçon maigre était dans la tribune. »

Vidal s'approcha du jeune homme boutonneux.

« Avez-vous vu comment on l'a tué?

– Vu, à proprement parler, non. Mais j'ai eu des renseignements par plusieurs témoins oculaires. »

Vidal le regarda tristement et demanda :

« Est-ce vrai qu'il a été piétiné?

– Pourquoi voulez-vous qu'on l'ait piétiné : il était en haut de la tribune... Vous savez comment cela s'est passé? Le match tardait à commencer, les gens s'ennuyaient. Quelqu'un a proposé : « On jette un vieux? » Le second vieux qu'on a jeté a été M. Labarthe.

– Son fils ne l'a pas défendu?

– Je crois savoir..., dit l'homme aux mains énormes, certains affirment qu'il ne l'a pas défendu. Est-ce exact?

– Exact », dit le petit jeune homme. Puis il ajouta calmement : « Qui n'a pas un vieux dans la famille? Cela arrive à tout le monde. Mais il y a ceux qui défendent leurs vieux. »

Vidal sentit que Jimmy le poussait du coude. L'homme au nez pointu demanda :

« Vous êtes sûr qu'il n'a pas été piétiné dans la bousculade?

– Pourquoi voulez-vous qu'on l'ait piétiné, objecta le jeune homme, il s'est écrasé au sol en tombant, comme un crapaud.

– Jimmy, allons-nous-en, proposa Vidal. Allons voir Rey. Que penses-tu de cette jeunesse?

– Je te l'abandonne. »

Vidal approcha ses mains du poêle.

« Pourquoi un individu qui a de tels sentiments vient-il à cette veillée funèbre? demanda-t-il.

– Tu parles du petit jeune homme? demanda Rey. Il est là avec son camarade qui a une vraie tête de crapaud, parce qu'ils font partie de la cinquième colonne. »

Dante, comme s'il se réveillait et entendait soudain, prophétisa :

« Les faits vont se charger de confirmer ma théorie. Dites-vous bien que nous sommes dans la souricière. Au premier signal de ces énergumènes, leurs complices, postés dans la rue, vont entrer.

– Un peu plus de café? proposa la voisine.

– Où est le fils de Nestor? » demanda Vidal.

La femme répondit :

« Les donneurs se cachent. »

Jimmy observa ironiquement :

« Tu ne vas pas pouvoir lui serrer la main.

– On dit qu'à l'heure actuelle, déclara Rey, on est bien plus en sûreté hors de chez soi.

– Oui, car il faut bien se dire que chez soi on est dans la souricière », répéta Dante.

Rey expliqua :

« Pour sauver les apparences, le gouvernement ne tolère plus le moindre désordre dans les lieux publics.

– Je me demande ce qu'en pense ce pauvre Nestor, remarqua Jimmy.

– Ça a été un cas isolé », avança Rey.

Une fois de plus Dante compara les maisons à des souricières. Le monsieur aux mains énormes, celui au nez pointu et Arévalo s'approchèrent du groupe. Vidal remarqua que les deux jeunes gens étaient de nouveau à l'écart. Le monsieur aux grandes mains affirma :

« Le gouvernement s'est enfin décidé à intervenir. Il a pris une position plus ferme. Les déclarations du ministre me rassurent. Oui, je leur ai trouvé un ton assez élevé, assez digne.

– Tout à fait digne, admit Arévalo, mais ils meurent de peur.

– A vrai dire, je n'envie pas le gouvernement, reconnut l'homme aux mains énormes. Rendez-vous compte : une situation des plus délicates. Si vous n'avez pas avec vous les jeunes officiers et les conscrits, nous tombons dans l'anarchie. Un cas isolé, de temps à autre, c'est le prix que nous devons payer.

– Qu'est-ce qu'ils ont tous à parler de cas isolés? demanda Arévalo.

– Ils ont écouté hier soir, expliqua Jimmy, le communiqué du ministère disant que la situation était parfaitement contrôlée, à l'exception de quelques cas isolés.

– Je ne sais pas si vous êtes comme moi, mais je note

maintenant un ton plus ferme et qui me rassure », dit l'homme aux mains énormes.

On apporta une couronne de chez le fleuriste. Dante demanda :

« Qu'y a-t-il d'inscrit sur le ruban?

– *Les Garçons*, répondit Rey. Il m'a semblé que ces trois mots disaient tout.

– Ne va-t-on pas croire que ce sont les jeunes qui l'ont envoyée? demanda Jimmy.

– Il ne manquerait plus que cela, répliqua Rey. Voilà que maintenant les garçons, ce ne serait plus nous? »

Celui au nez pointu expliquait :

« Certains vieux se négligent complètement. C'est presque de la provocation.

– Ceux qui font de la provocation ce sont les agents provocateurs, payés par les Jeunes Turcs, assura Dante.

– Vous croyez? demanda l'homme au nez pointu. On a aussi payé, peut-être, le vieux qui a fait scandale devant les collégiennes du quartier de Caballito? »

L'homme aux mains énormes intervint en disant :

« Admettons qu'il y a actuellement une vague de délinquance sénile. Les journaux en parlent quotidiennement. »

Dante protesta :

« Des mensonges pour ameuter l'opinion.

– Il faut prendre garde à ce que l'on dit, murmura Jimmy à Vidal, tu connais celui qui a des grandes mains? Moi non, et je ne connais pas non plus l'autre. Ce sont peut-être des vendus, qui sont dans la conjuration des jeunes. Viens, allons-nous-en.

– Quand je pense que je devais aller à ce match avec Nestor, dit Vidal.

– Tu l'as échappé belle, dit Jimmy.

– Peut-être qu'à nous deux nous nous serions défendus et qu'à l'heure qu'il est Nestor serait encore en vie.

– Et nous, nous aurions peut-être été à une double veillée funèbre.

– Je ne savais pas que tu t'intéressais tellement au football, dit Arévalo.

– Ce n'est pas que je m'y intéresse, déclara Vidal, se sentant devenir important, mais comme le fils de Nestor m'avait fait inviter...

– Il t'avait fait inviter? demanda Arévalo.

– Aïe! s'écria Jimmy.

– Qu'y a-t-il? demanda Vidal.

– Rien, assura Jimmy.

– Vous ne pensez pas qu'ils m'aient fiché comme vieux?

– Quelle absurdité! répliqua Arévalo.

– C'est un peu mon avis, reconnut Vidal, mais avec les jeunes de maintenant on n'est plus sûr de rien. S'ils considèrent qu'un type de soixante ans est un vieillard...

– Les pires ce sont ces filles, dit Jimmy, que le sujet amusait déjà, qui te parlent de leur fiancé et te disent : « Il est vieux, il a plus de trente ans. »

– Ne plaisantons pas. Répondez-moi : pensez-vous que je sois fiché? »

Arévalo protesta :

« Qu'est-ce que tu vas t'imaginer là?

– Toutefois, si j'étais toi, je me tiendrais sur mes gardes, conseilla Jimmy.

– Bien sûr, admit Arévalo. Par prudence. »

Vidal le regarda avec incrédulité.

« Mieux vaut ne pas être pris par surprise, expliqua Jimmy.

– Sapristi! murmura Vidal. J'ai mal à la tête. Personne n'a une aspirine? »

Rey dit, en se levant :

« Il doit y en avoir dans la chambre de Nestor.

– Non, voyons, dit Jimmy en le retenant. Cela porte malheur. Vous avez remarqué ces deux jeunes gens? Ils regardent au-dehors à chaque instant.

– Ils ont l'air nerveux, dit Dante.

– Ils s'ennuient, voilà tout », affirma Arévalo.

Vidal pensa : « C'est moi qui suis nerveux. » Il avait mal à la tête, l'odeur du pétrole mélangée à celle de l'eucalyptus le rendait malade. « J'ai les pieds glacés », se dit-il. Jimmy, pour le protéger contre un mauvais sort, le privait de l'aspirine du défunt. Jimmy n'avait manifestement pas mal à la tête. Il souhaita ardemment être dehors et seul, respirer l'air de la nuit, marcher quelques centaines de mètres. « Pourvu qu'on ne me demande pas où je vais! Pourvu qu'on ne m'accompagne pas! » Le monsieur aux mains énormes et celui au nez pointu (on lui avait dit que l'un des deux s'appelait Cuenca) se rapprochèrent de nouveau du groupe. Vidal se leva... Ses amis le virent s'en aller et ne lui posèrent pas de question : sans doute trouvèrent-ils une raison suffisante à son départ dans la présence des deux inconnus.

La rue était plongée dans le noir. « Il fait plus sombre que tout à l'heure, se dit-il. Quelqu'un a dû s'amuser à casser les réverbères. Ou bien ils préparent une embuscade. » Regardant avec méfiance les rangées d'arbres, il constata que derrière les premiers troncs il n'y avait personne de caché, mais à la hauteur du troisième ou du quatrième la nuit devenait impénétrable. En avançant il s'exposait à une agression qui, bien qu'il la guettât, serait soudaine. Il fut sur le point de revenir sur ses pas, mais un sentiment de tristesse lui en ôta le courage. Il se souvint de Nestor. Il eut des regrets : « On vit sans faire attention, distraitement. » S'il réagissait, s'il sortait de sa distraction, il penserait à Nestor, à la mort, à des personnes et à des choses disparues, à lui-même, à la vieillesse. Il se dit : « Une grande tristesse vous libère. » Indifférent à tout, il se mit à marcher au milieu de la rue, pour, de toute façon, n'être pas surpris. Il crut soudain apercevoir devant lui une vague forme, une masse plus foncée que l'obscurité de la nuit. Il se dit : « Un tank. Non, plutôt un camion. » Une lumière jaillit à deux pas de lui. Vidal ne détourna pas la tête, ne ferma pas les yeux; il garda le visage levé, impassible. Aveuglé par ce torrent de clarté, il éprouva une jubilation imprévue, comme si l'éventualité d'une mort si lumineuse l'exaltait à l'égal d'une victoire. Il demeura ainsi quelques instants, concentré sur cette blancheur éblouissante, incapable d'une pensée ou d'un souvenir, immobile. Puis les phares reculèrent et leur faisceau éclaira, dans des plaques rondes, des troncs d'arbres et des façades de maisons. Il put voir que le camion s'éloignait, chargé de gens silencieux, massés contre les flancs rouges, décorés d'arabesques blanches. Il fit le point, non sans orgueil : « Peut-être que si j'avais déguerpi comme un lapin, ils m'écrasaient. Peut-être ne s'attendaient-ils pas à ce que je leur tienne tête. » L'air de la nuit et une certaine satisfaction intime le soulagèrent si bien qu'il n'avait plus mal à la tête. Il pensa aussitôt en termes militaires : « L'ennemi repoussé, je reste maître du terrain. » Un peu confus, il essaya de traduire les faits plus modestement : « Je n'ai pas eu peur. Ils sont partis. Je suis seul. » Bien qu'il rentrât maintenant se mettre à l'abri chez Nestor, il ne se montrerait plus désormais (vis-à-vis de personne ni même vis-à-vis de lui-même) pressé de chercher une protection. Comme s'il lui était venu le goût du courage, il avança dans la rue obscure, décidé à ne pas rentrer avant d'avoir marché trois cents mètres. Il se dit que cet exploit était un peu inutile, puisqu'il savait qu'en rentrant chez Nestor il aurait le sentiment très net de se mettre à l'abri.

20

QUAND il vit que Jimmy n'était pas dans la salle à manger, il supposa qu'il était allé aux cabinets et il se dit que, dès qu'il en sortirait, il irait lui aussi. Il s'était, bien sûr, un peu énervé et il avait eu froid dehors. L'assistance était toujours scindée en deux groupes : les personnes âgées à gauche, autour du poêle, et les jeunes à droite. Il s'approcha de ces derniers. Sa petite promenade l'avait sans doute enhardi, car il se mit aussitôt à dire, comme s'il parlait à la cantonade :

« Ce qui m'agace dans cette guerre au cochon – il s'irrita d'avoir involontairement appelé ainsi la persécution des vieux – c'est le culte rendu à la jeunesse. Les jeunes, ils sont grisés par la jeunesse. C'est stupide.

– La jeunesse est un état qui ne dure pas longtemps », reconnut le petit jeune homme aux yeux protubérants.

Peut-être parce qu'il ne s'attendait pas à ce qu'on abonde si vite en son sens, Vidal eut des paroles imprudentes.

« Il existe, dit-il, des arguments valables à l'encontre des vieux. »

Craignant qu'on ne l'interroge – il n'était pas certain de se rappeler ces arguments et il ne voulait pas donner des armes à l'ennemi – il voulut changer de conversation, mais le petit jeune homme l'interrompit en disant :

« Je sais bien, je sais bien.
– Vous peut-être, mais ces jeunes excités, ces véritables délinquants, eux, qu'en savent-ils? Arturo Farrell lui-même...
– C'est un agitateur, je vous le concède, un charlatan.
– L'ennui c'est qu'il n'y a rien d'autre derrière ce mouvement. Absolument personne. C'est navrant.
– Ah! non, monsieur. Là vous vous trompez, dit le jeune homme.
– Vous croyez? dit Vidal et, quêtant peut-être un appui, il chercha des yeux Arévalo.
– J'en suis certain. Derrière tout cela, il y a des gens qui réfléchissent. Quantité de médecins, de sociologues, de statisticiens, et, tout à fait entre nous, il y a même des gens d'Eglise. »
Vidal pensa : « Tu as une vraie tête de crapaud. » Il dit tout haut :
« Et tous ces beaux esprits n'ont pas trouvé d'arguments plus convaincants?
– Permettez! L'argumentation est mauvaise, mais elle est parfaitement calculée pour enflammer les masses. Ils veulent une action rapide et efficace. Mais croyez-moi, les raisons qui poussent le comité central sont tout autres, je vous assure, tout autres.
– Croyez-vous? » répondit Vidal qui regarda de nouveau du côté d'Arévalo.
Le jeune homme boutonneux ajouta :
« C'est évident. C'est pourquoi on a liquidé, vous vous en souvenez, le gouverneur qui n'a pas voulu faire disparaître de l'écusson provincial la devise : *Gouverner c'est peupler.* Il y a aussi une autre devise, non moins absurde, dont je ne me souviens plus...
– A mon avis, dit le jeune homme, les premiers responsables sont les médecins. Ils nous fabriquent des vieillards, sans allonger d'un jour la vie humaine.
– Que veux-tu dire par là? demanda le garçon aux boutons.

– Connais-tu beaucoup de personnes de cent vingt ans? Moi pas.

– C'est vrai : on s'est borné à peupler la planète de vieux qui ne servent pratiquement à rien. »

Vidal se souvint de la mère d'Antonia.

« Le vieillard est la première victime de la croissance démographique, affirma le petit jeune homme. La seconde victime me semble plus importante : c'est l'individu. Jugez vous-même. L'individualisme va devenir un luxe qui sera interdit aux riches comme aux pauvres.

– Tout ceci n'est-il pas un peu prématuré? demanda Vidal. Nous n'en sommes pas encore là.

– C'est vous qui le dites, répondit le jeune homme boutonneux. Mieux vaut prévenir que guérir.

– Pendant que nous discutons de théories, il y a des gens qu'on assassine. Le pauvre Nestor, sans aller plus loin.

– C'est affreux, mais il en a toujours été ainsi. Si j'avais voix au chapitre, je laisserais en paix les vieux, qui ont conscience des choses, et j'organiserais un second massacre des innocents.

– On en entendrait alors de belles! assura le jeune homme aux boutons. On nous accuserait de détruire les forces vives de la nation, car l'enfant c'est l'avenir. Et tu t'imagines les cris des mères?

– Celles-là, je m'en moque. Elles savent parfaitement qu'elles n'ont qu'à rester tranquilles. »

Pour la deuxième fois de la soirée, Vidal se dit qu'on prend l'habitude de vivre sans se rendre compte de rien. Tandis qu'il était accaparé par ses petits problèmes personnels (avant tout la stricte observance de ses habitudes : son maté à heures fixes, sa sieste, sa hâte à se rendre place Las Heras pour profiter du soleil de l'après-midi, ses parties de truco au café) il s'était opéré de grands changements dans le pays. Cette jeunesse – le garçon boutonneux et le plus petit, qui paraissait intelligent – parlait de ces changements comme de quelque chose de connu et de familier. Sans doute faute d'avoir suivi cette évolution, il n'y comprenait rien aujourd'hui. « Je ne suis plus dans la course, se dit-il. Je suis devenu vieux ou je vais bientôt l'être. »

21

« A QUOI pensez-vous donc, monsieur? demanda le petit jeune homme, d'un ton aimable.

– Je pense que je vieillis », répondit Vidal.

Il se demanda aussitôt s'il n'outrepassait pas les limites de la prudence. Il finirait par avoir des ennuis...

« Pardonnez-moi, protesta le petit jeune homme. A mon avis ce que vous dites là n'a pas de sens. Vous n'êtes pas vieux. Je vous situerais dans cette zone que ce charlatan de Farrell appelle le *no man's land.* Vous n'êtes plus un jeune, mais certainement pas encore un vieux.

– Le tout, observa Vidal, est qu'un de ces jeunes fous qui circulent en liberté ne se trompe pas sur mon compte.

– Je dirais que cette erreur est improbable, bien que possible je ne le nie pas », admit le petit jeune homme qui se hâta d'ajouter : « Compte tenu de l'effervescence actuelle. »

Vidal se sentit de nouveau déprimé et regretta d'avoir été mis au courant de la situation. Son dialogue avec ces jeunes gens lui parut une misérable tentative pour s'attirer leurs bonnes grâces.

« Excusez-moi », murmura-t-il en s'éloignant d'eux.

Il se sentit plus à l'aise en rejoignant le groupe de ses amis.

Rey affirmait avec emphase :

« Nous verrons bien ce que fera le gouvernement à l'heure de la vérité. Quand il réglera les comptes.

– Dis-toi bien que cette heure va se faire attendre, dit Arévalo. Même si on rétablit l'ordre, on ne nous paiera pas.

– Où est Jimmy? demanda Vidal.

– Ne nous interromps pas, dit Dante, qui sans doute n'avait pas entendu. Nous parlons de choses sérieuses. De notre pension.

– Le gouvernement ne se décidera pas à la verser, insista Arévalo.

– Reconnaissons, dit l'homme aux grandes mains, qu'il lui faudra beaucoup de courage pour donner l'ordre de paiement. Une mesure impopulaire, qui se heurtera forcément à une opposition.

– Et le respect des engagements, ça ne compte plus? demanda Rey.

– J'ai entendu parler ces jours derniers, assura l'homme au nez pointu, d'un plan de compensation : on offrirait aux personnes âgées des terres dans le sud du pays.

– Autrement dit, on déporterait en masse les vieux, répliqua Dante.

– Comme un troupeau de moutons, conclut Rey.

– Pour colmater les infiltrations possibles de nos frères chiliens, ajouta Arévalo.

– Où est Jimmy? demanda Vidal.

– Comment? dit Arévalo. Mais il est parti à ta rencontre. Tu ne l'as pas vu?

– Il est peut-être allé aux cabinets?

– Je l'ai vu sortir. Par cette porte, précisa Rey. Il m'a dit qu'il allait te chercher.

– Jimmy, c'est un vrai renard, expliqua Dante. Il ne supporte pas ce genre de réunions et à la première occasion il s'éclipse et rentre dans son terrier.

– Il m'a dit qu'il allait te chercher, répéta Rey.

– Je ne l'ai pas vu, déclara Vidal.

– C'est un vrai renard, insista Dante : il est rentré dans son terrier. On commence à le connaître.

– Le pauvre Nestor, on le connaissait aussi, répliqua Arévalo. Je vais voir si Jimmy est chez lui.

– Je t'accompagne, dit Rey.

– On dirait qu'ils se font déjà leurs condoléances, dit en riant l'homme au nez pointu. A leur place je ne m'inquiéterais pas : il va revenir d'un moment à l'autre.

– C'est moi qui y vais. Il est parti me chercher, c'est à moi d'aller voir, dit Vidal.

– Bon, dit Arévalo. Allons-y tous les deux. »

Arévalo enfila son imperméable et Vidal s'emmitoufla dans son poncho. Ils s'arrêtèrent un instant sur le seuil de la porte, scrutèrent les ténèbres et sortirent.

« Ce n'est pas qu'on ait peur, expliqua Vidal, mais il est désagréable d'être pris à l'improviste.

– Surtout quand on s'y attend. Et puis je ne voudrais pas laisser à ces crétins l'initiative de ma mort. Je t'avoue que mourir de maladie ne me sourit pas non plus. Et si tu te tires une balle ou si tu te jettes par la fenêtre il doit y avoir un choc désagréable. Si tu avales des comprimés et que tu changes d'avis, qu'est-ce qui se passe?

– Inutile de continuer, tu finirais par opter pour ces crétins; mais les deux qui étaient là me disaient que nous n'étions pas inscrits sur la liste des vieux.

– Alors ils ne sont pas si crétins. Ils ont découvert qu'aucun vieux ne se prend pour un vieux. Et tu les as crus? Ils nous mettent en confiance pour se faciliter le travail.

– Tu trouves que j'ai tort de m'exposer ainsi?

– Que veux-tu dire? répondit Arévalo.

– Ces arbres, malgré l'obscurité, sont si visibles! A vrai dire, je serais joli si on m'attaquait maintenant. »

Vidal pissait contre un arbre. Arévalo suivit son exemple et dit :

« C'est le froid. Le froid et l'âge. Ce besoin est une des occupations les plus constantes de notre vie. »

Ils reprirent leur chemin avec plus d'entrain.

« Un des jeunes gens m'expliquait..., dit Vidal.

– Celui aux boutons?

– Non, le petit, celui qui a une tête de crapaud.

– Ils se valent.

– Il m'expliquait que derrière cette guerre au cochon, il y a des motifs valables.

– Et tu l'as cru? demanda Arévalo. Les gens ne tuent jamais pour de bonnes raisons.

– Ils ont parlé de la croissance démographique et du fait que le nombre des vieux inutiles augmente sans cesse.

– Les gens tuent par bêtise et par peur.

– Cependant le problème des vieux inutiles n'est pas une invention. Pense à la mère d'Antonia, celle qu'on appelle le Dragon. »

Arévalo n'écoutait pas; il déclara sur un ton péremptoire :

« Dans cette guerre, les jeunes tuent par haine des vieux qu'ils vont devenir. Une haine apeurée... »

Comme il faisait froid, ils pressèrent le pas. Pour éviter les brasiers – comme d'un commun accord – ils contournèrent plusieurs pâtés de maisons, n'hésitant pas à faire ainsi quelques centaines de mètres en plus.

Ils arrivèrent dans des rues où les réverbères n'étaient pas cassés.

« Quand c'est éclairé, dit Vidal, cette guerre au cochon semble incroyable. »

Ils arrivaient devant la maison de Jimmy quand Arévalo constata :

« Tout le monde dort ici. »

Ils cherchèrent en vain un rai de lumière aux fenêtres.

« Nous sonnons? demanda Vidal.

– Sonnons », dit Arévalo.

Vidal appuya sur le bouton. On entendit la sonnerie résonner au fond de la maison. Ils attendirent. Au bout d'un moment Vidal demanda :

« Que faisons-nous?

– Sonne encore une fois. »

Vidal appuya de nouveau sur le bouton et de nouveau retentit la sonnerie stridente.

« Et si Dante avait raison, s'il était en train de dormir? demanda Vidal.

– Tant pis. On nous prendra à juste titre pour deux alarmistes.

– Et s'il lui était arrivé quelque chose...

– Il ne lui est rien arrivé. Il dort. C'est un vieux renard.

– Tu crois?

– Oui. Allons-nous-en, sinon on aura l'air de quoi? »

Un brasier brûlait un peu plus loin. Vidal se rappela un tableau qu'il avait vu dans son enfance, représentant Orphée, ou un diable, enveloppé par les flammes de l'enfer, jouant du violon.

« Quelle sottise, dit-il.

– Quoi?

– Rien. Le brasier. Tout. »

22

QUAND ils revinrent chez Nestor, ils remarquèrent que leurs amis semblaient préoccupés.

« Il s'est passé quelque chose ici, marmonna Arévalo.

– C'est l'arrivée de cet individu », expliqua Vidal, en montrant le neveu de Bogliolo.

Il pensa : « Chaque personne qui entre ravive la tristesse. Je l'ai constaté. Ceux qui sont là acceptent au bout d'un moment la loi des choses : la vie continue, il n'y a pas d'autre solution que de se changer les idées; mais les nouveaux venus remettent le mort en évidence. »

Il fut tiré de sa songerie par la voix de Dante qui annonçait :

« Il paraît que Jimmy a été arrêté.

– D'où tiens-tu cela? demanda Arévalo.

– C'est le bruit qui court dans les cercles de jeunes », affirma le neveu de Bogliolo.

Rey poussa un cri sourd, son visage se congestionna, il respira bruyamment. « Quand il se fâche, cet homme doit se transformer en un animal féroce, en taureau furieux », se dit Vidal et il en vint aussitôt à regretter de s'être montrés tous deux, Arévalo et lui, aussi indécis. Ils n'auraient pas dû revenir sans avoir vérifié si Jimmy était bien chez lui.

« Nous n'avons pas assez insisté, tu vois, dit-il. Nous n'avons sonné que deux fois.

– Si vous aviez insisté, dit Dante, vous auriez constaté que Jimmy n'était pas là, et vous n'auriez réussi qu'à inquiéter les femmes.

– Il est toujours bon de savoir à quoi s'en tenir, répliqua Vidal.

– Le pauvre a dit qu'il allait te chercher, expliqua Rey. Il est sorti par cette porte. Nous ne l'avons plus revu. »

Vidal emmena le neveu de Bogliolo à l'autre bout du salon et lui dit d'un ton ferme :

« Ceci entre nous. S'il est exact qu'on a arrêté Jimmy, essayez de parler à ceux qui le détiennent et dites-leur, s'il vous plaît, de le relâcher. S'ils refusent, dites-leur que je suis prêt à prendre sa place.

– Mais, monsieur, comment puis-je les contacter? » demanda le neveu d'un ton geignard.

Vidal pensa : « Ai-je été trop direct? Il fallait que je fasse quelque chose pour Jimmy. L'autre jour je suis resté comme un idiot devant ce soupirail, et j'ai attiré ainsi l'attention sur lui. Aujourd'hui je sors imprudemment et on l'arrête. »

Il rejoignit ses amis. Profondément affecté, Rey marmonnait on ne sait quoi à l'adresse du fils de Nestor et du neveu de Bogliolo.

« Comment? demanda Dante, avec un sourire affable. Comment dis-tu?

– A vrai dire, je ne peux m'empêcher de le soupçonner, dit Arévalo. Les comités de jeunes l'ont informé bien vite... »

Vidal se rappela combien Nestor était fier de son fils. Puis il pensa à Isidorito; il se demanda si celui-ci était au courant des derniers événements et s'il aurait le courage de les désapprouver.

« Notre passivité est indigne, assura Rey. Si je dois mourir, je veux avoir du moins la consolation d'en étriper trois ou quatre. Disons à celui-ci que quelqu'un de la maison l'a demandé et emmenons-le à la cuisine.

– Et alors? demanda l'homme aux grandes mains.

– Eh bien, je l'étrangle, voilà tout, répondit Rey.

– Est-ce que ce ne serait pas commettre un crime? demanda l'homme au nez pointu.

– C'est comme s'il y avait une règle tacite, remarqua Arévalo. Une moitié de la société peut dépasser les bornes, l'autre non. Il en a toujours été ainsi.

– Je ne suis pas d'accord, déclara Rey. Comme il ne m'en manque ni l'envie ni la force, grâce à Dieu, je vais me payer le luxe de passer une tripotée à l'un de ces drôles... mais – il eut un sourd gémissement – notre oiseau s'est envolé! »

Ils se tournèrent tous vers la porte et aperçurent le neveu de Bogliolo qui s'en allait en leur faisant un petit salut. Vidal se demanda s'il fallait s'en réjouir. La voisine revint de nouveau avec le plateau du café.

« Madame, lui demanda Dante, pourriez-vous nous expliquer ce qui vous fait dire que Nestor a été donné par son propre fils?

– Ne me faites pas dire ce que je n'ai pas dit, protesta la femme. Je n'accuse personne et je n'aime pas qu'on m'accuse. »

Arévalo essuya ses verres de lunettes et dit d'une voix asthmatique :

« Elle a raison de se méfier. L'un de ces jouvenceaux a dû lui dire que si elle parlait encore il lui cassait la figure.

– Ils menacent, ils tuent, observa Rey, et nous restons les bras croisés. »

Vidal entendit un bruit de moteur, suivi d'un coup de freins.

« Il y a une autre possibilité, dit Arévalo. La fine mouche a peut-être senti que les choses étaient sur le point d'empirer.

– Ne serait-ce pas plutôt que cette dame s'est troublée devant une question trop directe? demanda l'homme aux mains énormes. Cela arrive aux examens.

– Attention! murmura l'homme au nez pointu. Ne

regardez pas. Continuez à parler, comme si de rien n'était. »

Vidal regarda : quatre jeunes gens avaient fait irruption dans la salle à manger. Non seulement il les regarda, mais (peut-être parce qu'il ne comprit pas immédiatement ce qui se passait) il soutint le regard de celui qui paraissait le chef. Après quelques instants de confrontation muette, l'individu s'approcha du petit jeune homme et de celui aux boutons; les trois autres les rejoignirent et leurs pas résonnèrent bruyamment : jusqu'alors tout le monde dans la maison marchait sur la pointe des pieds et parlait à voix basse. La pendule, au mur, se remit brusquement à marcher.

« Ils ne peuvent pas cacher ce qu'ils sont, dit l'homme aux grandes mains devenu soudain presque aphone.

– C'est-à-dire? demanda Dante avec inquiétude.

– Des voyous qui ne respectent pas une maison mortuaire, expliqua l'homme aux grandes mains.

– Des voyous et des mal polis », affirma dans un filet de voix l'homme au nez pointu.

Les nouveaux venus et les deux jeunes gens discutaient avec animation. Ils jetaient de temps à autre un coup d'œil sur le groupe des adultes ou, sans les regarder, les désignaient du doigt. Le tic-tac de la pendule ajoutait à l'atmosphère d'expectative.

« Il n'y a que quatre ou cinq pas à faire pour atteindre la porte, dit l'homme au nez pointu.

– Une fois dehors, nous sommes sauvés, affirma celui aux grandes mains.

– Vous vous tenez tranquilles ou je vous casse la figure », menaça Rey.

Vidal observait la scène avec le détachement d'un spectateur éloigné. « Je vais avoir peur dans un instant », pensa-t-il, pour se demander aussitôt laquelle des deux choses viendrait la première : la peur ou l'agression.

L'agression n'eut pas lieu. Les quatre jeunes gens s'en

allèrent aussi soudainement qu'ils étaient venus. Ne voulant pas avouer à quel point ils avaient eu peur, nos amis restèrent immobiles. Dehors, une voiture mit son moteur en marche et démarra. Arévalo fut le premier à aborder l'autre groupe.

« Ils venaient nous faire la peau? demanda-t-il.

– Pas exactement, dit le petit jeune homme. Mais il s'agissait de quelque chose de ce genre.

– Personne ne leur tient tête. Lui et moi, nous leur avons tenu tête, expliqua le jeune homme aux boutons.

– Nous l'avons fait à cause de M. Labarthe, qui a été un père pour nous, avoua le plus petit.

– Nous leur avons fait comprendre que votre groupe avait déjà payé son dû en la personne de M. Labarthe, précisa l'autre.

– Qui a été un père pour vous, souligna Arévalo.

– La vérité, observa Vidal d'un ton agressif, est que chez nous personne ne veut verser le sang! Les accidents n'arrivent que par malchance, car nous saisissons le premier prétexte pour prendre le large.

– Je ne m'en plaindrais pas, dit Arévalo.

– Ne croyez pas cela, monsieur Vidal, dit le petit. Ils prétendaient que monsieur – il indiqua Dante – et monsieur – il indiqua Rey – entraient parfaitement dans la catégorie des vieux.

– Et ta grand-mère! dit Dante.

– Ils voulaient les emmener, affirma le petit.

– Faire une petite promenade. Nous leur avons fait remarquer que ce monsieur-ci n'a pas un cheveu blanc et que ce monsieur-là est encore très vert, dit le jeune homme aux boutons.

– Ne vous avais-je pas dit que nous étions dans la souricière? répéta Dante. Ils voulaient m'emmener? Pourquoi? Pour me tirer quatre balles dans la peau? Les gens sont fous. Je suis effondré, je vous assure, de sentir autant de haine chez mes propres compatriotes.

– Voilà cette jeunesse qui devait penser par elle-même,

reprit Arévalo. Elle pense et agit comme un troupeau de moutons.

– Erreur, dit Rey. Comme un troupeau de cochons.

– Mais, demanda l'homme aux grandes mains, les cochons, n'est-ce pas nous?

– Nous n'en sommes plus aux individualités, assura flegmatiquement Arévalo. Il n'y a plus que des animaux, beaucoup d'animaux, qui naissent, se reproduisent et meurent. Certains, comme signe distinctif, ont une conscience, comme d'autres ont des ailes et des cornes. »

La peur, ou peut-être la colère, les stimulait. Dante dit :

« C'est affreux. Les gens sont de plus en plus nombreux et il n'y a plus assez de place. Tous se battent, les uns contre les autres. Ne serions-nous pas à la veille d'une grande hécatombe?

– N'avez-vous pas l'impression que l'âme et la croyance en la vie éternelle paraissent aujourd'hui des préoccupations à la mesure du village d'autrefois? On est passé du village à la ruche, dit Arévalo.

– Où que vous regardiez, reprit Dante, vous ne trouverez que haine et désordre. Sans aller plus loin, que pensez-vous de la façon dont les femmes s'habillent? N'est-ce pas un comble? N'est-ce pas la fin du monde? »

Vidal avait suivi le dialogue avec intérêt. Soudain, pris d'impatience, il se rendit auprès de la dépouille mortelle de Nestor. Il pensa : « C'est un devoir », puis : « Avec ses yeux fermés, il n'a plus son visage de poule. Il est très bien le pauvret. » A ce mot de *pauvret*, il sentit des larmes couler sur ses joues.

23

LUNDI, 23 JUIN

DROIT sur sa chaise, Vidal se frotta les yeux et regarda autour de lui. Une froide lueur grisâtre pénétrait dans la pièce, projetant des ombres qui soulignaient l'aspect paisible des choses. Le jour se levait. Au bruit régulier du balancier de l'horloge se mêlaient le murmure de la conversation des deux jeunes gens et les ronflements de Rey qui dormait la bouche ouverte. Arévalo fumait en rêvassant et Dante, béat, somnolait. Il régnait un certain désordre, partout des mégots écrasés et des cendres éparpillées. Chez Vidal, par intermittence – car déjà venait l'oubli – le souvenir de Nestor ajoutait un sentiment de remords à sa fatigue. Puis il lui revint en mémoire les derniers jours de son père. Il se le rappelait, si proche et si inaccessible désormais, dans sa lutte douloureuse et apeurée avec la mort. Chaque homme est solitaire et ne peut rien pour son prochain. Vidal éprouva la triste certitude de l'inutilité de toute chose. A quoi bon leurs vaines discussions de cette nuit? Chacun d'eux savait d'avance ce que l'un ou l'autre allait dire. Il se dit que c'était très mal de bavarder ainsi en veillant un ami mort et il continuait néanmoins à le faire. Hier encore ils menaient tous une vie paisible; tout à coup le fait même d'exister était devenu intolérable. Il eut brusquement envie de fuir. Pour la deuxième ou la troisième fois au cours de ces dernières heures, il souhaita se retrouver au-dehors. Cette nuit tous ses actes étaient à répétition.

Sa méditation dut imperceptiblement se transformer en rêve, car Vidal vit soudain la vieille qui pleurait dans un taxi devant la place Las Heras, il pensa que Nestor était mort parce qu'il avait contemplé ce visage désolé, et il sursauta en constatant la présence d'un individu étrangement blanc, peut-être couvert de farine, qui, avec un regard aimable, lui offrait quelque chose d'enveloppé. C'était un des mitrons de Rey qui apportait des croissants chauds et des galettes pour le petit déjeuner et qui n'osait sans doute pas réveiller son patron. Mais celui-ci ouvrit les yeux et, frais et dispos, invita gaiement ses amis à passer à la cuisine pour préparer le café au lait.

« Qu'a donc cette journée de particulier? dit Dante. Nous sommes de bonne humeur, n'est-il pas vrai?

– Peut-on savoir pourquoi? demanda Vidal.

– C'est très simple, mais peut-être ne comprendras-tu pas, expliqua Dante. J'ai rêvé que l'équipe des Excursionnistes avait gagné un match terrible.

– Passons à la cuisine, messieurs, insista Rey. Il faut préparer le petit déjeuner.

– Enfin, fit remarquer Dante, avec un sourire taquin, nous avons fini par avoir les prérogatives du maître de maison. »

Vidal pensa qu'une certaine sclérose des sentiments constitue une carapace pour les vieux.

« Allez, à table! » lui dit Rey, d'un ton jovial.

Vidal, tout en feignant de les suivre, s'attarda derrière eux. Quand ils furent partis, il alla jusqu'à la porte de la rue et sortit. Il faisait grand jour. Après avoir longé un pâté de maisons, il constata qu'il avait trop chaud avec son poncho sur les épaules. L'été de la Saint-Jean était donc enfin venu. Au-delà des cendres encore fumantes d'un brasier, un vendeur déposait ses journaux de porte en porte. Vidal cherchait une pièce de monnaie dans sa poche pour en acheter un quand l'homme le prévint :

« Non, grand-père. Je n'ai pas de journal pour toi. »

Vidal se demanda si tous les journaux étaient réservés à ses clients ou si on refusait de lui en vendre parce qu'il était trop vieux.

Les persiennes de la maison de Jimmy étaient toujours fermées. Il sonna. Il avait beau se dire que c'était absurde, il se sentait mal à l'aise. Il lui fallait rejeter l'idée que tout le monde dans la rue – le laitier d'abord, puis le veilleur de nuit et maintenant la femme en face qui lavait son seuil – le regardait avec un mélange d'étonnement et d'hostilité. La porte s'entrouvrit enfin et Vidal vit apparaître la tête minuscule de Laetitia, la servante.

« Est-ce que Jimmy est là? demanda-t-il.

– Je ne sais pas. Quelle heure est-il? Monsieur doit dormir encore. »

La servante le regardait de ses petits yeux ronds, très rapprochés du nez. Pour bien montrer qu'il était un ami de la maison, Vidal dit :

« Je croyais que vous ne veniez que dans la journée.

– Je couche ici depuis hier soir, répondit Laetitia, avec une évidente satisfaction.

– Vous êtes au courant des bagarres de cette nuit? Ce serait un grand soulagement pour tous ses amis de savoir que Jimmy est bien chez lui. Surtout ne le réveillez pas, mais essayez, s'il vous plaît, de voir ce qu'il en est. »

La servante s'apprêtait à lui fermer la porte au nez, mais, comme après mûre réflexion, elle le fit entrer.

Ils descendirent par le petit escalier, à gauche, jusqu'au sous-sol où Vidal avait surpris, la veille, les poursuites qui avaient tellement attiré son attention.

« Attendez-moi, dit la jeune fille. Je reviens tout de suite. »

Vidal pensa : « Pourvu qu'il soit là. Je ne pourrais pas supporter un nouveau malheur. » Dans les hauts et les bas de l'existence que le hasard fantasque distribue d'ordinaire avec une certaine équité, Vidal croyait découvrir pour la première fois une loi; et cette loi lui était incontestablement défavorable. Laetitia réapparut un instant après. Impatient d'avoir une réponse, Vidal interrogea des yeux la jeune fille. Elle sourit. Elle finit par dire :

« Il n'y a que sa nièce. Je ne l'ai pas réveillée.

– Alors Jimmy n'est pas là?

– Si vous voulez, je réveille sa nièce et vous lui poserez la question.

– Non, non, surtout pas. »

La jeune fille eut un sourire de complicité et regarda fixement Vidal.

« Vous prendrez bien un peu de maté?

– Non, non, merci », se hâta-t-il de répondre.

Il avait beau remonter lentement l'escalier, il eut l'impression de courir. Quand il ouvrit la porte pour sortir, il entendit, en bas, une respiration entrecoupée, suivie de ce qu'il crut d'abord être un sanglot, mais qu'il reconnut être un éclat de rire.

24

Il rajusta sa cravate, remit comme il faut son poncho sur ses épaules et partit tranquillement d'un pas ferme. Il se dit : « Comme on l'a vite pervertie. Non, il faudrait plutôt dire : hier on lui courait après, aujourd'hui elle me court après. » Il eut honte de se laisser aller à des considérations de cet ordre alors qu'on venait de lui communiquer la preuve irréfutable – tels étaient ses propres termes – qu'il était arrivé quelque chose à Jimmy. Il se représenta ensuite la jeune fille avançant vers lui ses dix doigts boudinés et gercés. Quelqu'un, peut-être Jimmy, mais plus probablement Arévalo, avait émis cette opinion qu'une extrême laideur pouvait être un stimulant dans l'amour, ce sentiment étant, comme on sait, fort voisin de la folie. Il essaya de se représenter la jeune fille comme il eût sans doute pu la voir. Il sentit la tête lui tourner et fut sur le point de s'évanouir. « Allons, bon! », murmura-t-il. Il se souvint qu'il n'avait pas mangé depuis Dieu sait quand et il se dirigea vers la boulangerie. Il se dit qu'il aurait dû accepter le maté de Laetitia, même s'il y avait peut-être autre chose encore derrière son offre. Sitôt arrivé chez lui il mettrait de l'eau à bouillir : un peu de maté et quelques bouchées de pain remédieraient à son accès de faiblesse. Il éprouvait un sentiment de culpabilité à s'être éloigné de la maison mortuaire. Il n'y avait pas de clients dans la boulangerie quand il y entra :

seules étaient là les filles de Rey. Sans les saluer (par pure timidité) il demanda :

« Six brioches, quatre croissants et un petit bâtard.

– Le vieux est resté à la veillée funèbre ? demanda l'une des filles.

– Comme ça, on pourra les tuer tous ensemble », enchaîna l'autre.

Il se sentit envahir, peut-être parce qu'il était fatigué, par une immense tristesse. Il pensa qu'il n'aurait plus assez de force ni de courage pour affronter la vie. L'amitié ne comptait plus, l'amour était bas et déloyal; seule la haine s'étalait dans toute sa plénitude. Il s'était défendu et il continuerait, c'était certain, à se défendre contre les attaques des jeunes, mais en arrivant rue Paunero il imagina, comme une solution qui méritait d'être prise en considération, sa propre main armée d'un revolver appuyé sur sa tempe. Cette vision, qui n'était peut-être qu'un jeu né de son angoisse passagère, l'amena à protester contre tout, et en particulier contre lui-même, qui mettait d'abord tout en œuvre pour défendre cela même qu'il envisageait ensuite de détruire.

Madelon, qui lavait le trottoir devant l'atelier de housses, lui fit signe d'attendre; elle rentra sa brosse et son seau, ferma sa porte et traversa la rue. Vidal pensa que si ce que Madelon avait à lui dire devait prendre du temps, il s'évanouirait. Il ne pouvait plus rester sans manger et sans boire.

« Il faut que je te parle, annonça la femme. C'est très important. Je ne veux pas qu'on nous voie ensemble. Puis-je t'accompagner chez toi ? »

Ils entrèrent chez Vidal. Celui-ci allait poser son paquet sur sa table de nuit, mais il pensa qu'en lui offrant de partager, il pourrait sans être grossier manger tout de suite un morceau de pain. Il entrouvrit donc le paquet en disant :

« Prends donc quelque chose.

– Dans des moments pareils ? Comment peux-tu ? protesta Madelon qui fondit en larmes.

– Qu'est-ce qu'il y a? » demanda Vidal, consterné.

Elle lui prit les mains (celles de la femme étaient humides), et se serra contre lui. Vidal renifla des odeurs de savon, d'eau de Javel, de linge, de cheveux. Il l'entendit qui disait :

« Mon chéri! »

Il remarqua son haleine et pensa : « Elle n'a pas encore déjeuné. » Tandis qu'elle l'embrassait, il vit de tout près une peau jaune et moite, des grains de beauté, des ongles courts, recouverts d'une épaisse couche de vernis rouge. Il se dit, non sans un certain sentiment d'orgueil, que Nélida rendait tout commerce impossible avec Madelon. Sous prétexte de lui parler, il l'écarta de lui.

« Qu'est-ce qu'il y a? demanda-t-il.

– J'ai à te dire quelque chose de très important », répéta-t-elle en l'étreignant avec force.

Dans une position incommode, presque douloureuse, car un bras ferme le tenait par le cou et l'obligeait à se contorsionner, il se demanda pourquoi ce matin toutes les femmes lui couraient après. Elles s'offraient à lui alors qu'il était triste et aussi peu en forme que possible. N'était-ce pas là la preuve du caractère contrariant des choses? Une autre explication possible (et moins pessimiste) serait que tout vient par séries. Il se demanda aussitôt si Madelon s'offrait vraiment ou si elle avait quelque chose à lui dire. Comme si elle eût deviné sa pensée, la femme expliqua :

« Huguito m'a dit que son neveu, qui est un garçon bien informé, lui a dit... Ah! je ne puis le croire.

– Qu'est-ce qu'il lui a dit? demanda Vidal, ayant peine à dissimuler son impatience.

– Il lui a dit que tu étais fiché et que tu serais leur prochaine victime. »

Il se sentit pris d'un violent ressentiment contre cette femme, comme si elle eût été responsable de ce qu'elle annonçait. Il la jugea stupide de supposer qu'après lui avoir appris une telle nouvelle, il aurait envie de la prendre dans ses bras. Tandis qu'il réfléchissait ainsi il nota qu'elle le serrait avec une insistance particulière au-dessous de la ceinture. Vidal se demanda objectivement, mais avec l'angoisse de celui qui sait bien qu'il va devoir s'exécuter d'un moment à l'autre, ce qui arriverait ensuite, ce qu'il ferait de cette femme pendue à son cou. Se rappelant la Madelon de jadis, et étant d'un naturel compatissant, il ne voulait pas la repousser, mais il se demanda si, dans une telle situation, sa conduite pouvait encore dépendre de sa volonté. Il voulut se l'imaginer jeune; mais il la voyait et la respirait telle qu'elle était maintenant. Pour gagner du temps, il dit :

« Ces Bogliolo, l'oncle et le neveu...

– Oublie-les, conseilla Madelon. Le danger ne t'excite pas? Moi, oui. »

La porte s'entrouvrit et ils entendirent :

« Oh! pardon. »

Avec ces deux seuls mots, Nélida exprima toute la force de son indignation. Le visage de la jeune fille était étrangement blême avec par endroit des afflux de sang, et ses yeux brillaient comme si elle avait eu de la fièvre. Cette apparition, très brève, fut suivie d'un claquement de porte. Pour Vidal ce fut une catastrophe, et il en rendit aussitôt Madelon responsable. Cependant, avant de parler, il pensa que la femme voyait sans doute les choses d'un autre œil que lui, et il se borna à dire :

« Ici on n'est pas tranquille. Isidorito, dans la chambre à côté... Il y a toujours quelqu'un qui entre...

– Tu n'as qu'à fermer les portes à clef, répliqua Madelon.

– Oui, bien sûr, mais maintenant j'ai les nerfs en boule. Tu sais comment je suis quand j'ai les nerfs en boule. Je ne suis plus bon à rien, je t'assure.

– Mais non, je n'en crois rien.

– Et d'ailleurs, il est trop tard et je dois retourner veiller Nestor. Moi, j'aime faire chaque chose en son temps. Voyons-nous plutôt l'un de ces soirs. »

La femme protesta faiblement, voulut fixer l'heure du rendez-vous et lui proposa de le cacher dans l'atelier, car il ne fallait pas négliger l'avis de Huguito. Il la poussa doucement jusqu'à la porte et quand il fut de nouveau seul, comme s'il se retrouvait au milieu de ses amis, il exprima dans un grand soupir un soulagement qu'il n'éprouvait pas; il commençait au contraire à réfléchir sur le véritable motif de son refus et il craignit de s'être montré discourtois envers Madelon et déloyal envers Nélida. Il repoussa ce dernier scrupule, étant donné que rien ne l'autorisait à penser qu'il y eût entre la jeune fille et lui plus qu'une simple amitié. Quant au véritable motif de son refus, il y reviendrait plus tard sans aucun doute et y réfléchirait par la suite. Il renonça au maté (il s'était fait tard) et, tout en mordant dans son quignon de pain, il sortit de sa chambre avec l'espoir de ne pas rencontrer Madelon dans la rue. Il passerait par les cabinets. Dans la seconde cour, il croisa Nélida qui lui tourna le dos. Tout contrit il bredouilla des explications qu'il dut interrompre car Antonia s'approchait.

25

QUAND il arriva chez Nestor, la conversation roulait sur les vieux qui avaient été jetés, plus par jeu que par malveillance, dans les brasiers de la Saint-Pierre-et-Paul. On parlait de quatre ou cinq incinérations partielles dans les limites du quartier : les victimes soignaient leurs brûlures à la pharmacie Garaventa, sauf l'une d'elles, dont les brûlures au second degré avaient nécessité son transfert à l'hôpital Fernandez. On parla aussi de séquestrations, nouvelle forme que prenait cette guerre, et où transparaissait pour la première fois l'appât du gain.

« Pourvu que dans le cas de Jimmy, il ne s'agisse que d'une séquestration, dit Vidal. Je ne sais pourquoi, mais j'ai tout de suite pensé à cela...

– Et tu crains maintenant quelque chose de pire? demanda Arévalo.

– Avec ces brutes...

– Il faut garder son calme, assura l'homme aux grandes mains.

– Du calme! Nous l'imposerons à coups de poing, rugit Rey menaçant. Essayez de savoir où est enfermé notre ami. Je vous jure que je le délivre. »

Ils pesèrent les avantages. L'inutilité et les risques d'une dénonciation à la police. Vidal fut sur le point de dire : « Peut-être qu'ils le relâcheront, s'il est simplement enfermé », mais il se tut, car ces mots auraient amené un tas de questions auxquelles il lui eût été difficile de répondre.

Puis ils se remirent à parler de l'ami qu'ils veillaient et de son enterrement, maintenant imminent. Le monsieur au nez pointu dit, commentant l'absence du fils :

« J'estime que c'est absolument anormal.

– La jeunesse, assura l'homme aux grandes mains, avec son habituelle indulgence, s'occupe de ses propres affaires. N'a-t-on pas dit : Laissez les morts enterrer les morts ?...

– Et ta grand-mère ! protesta Dante dont l'oreille semblait mieux entendre.

– Pourquoi, proposa Rey, ne ferions-nous pas, avant de nous rendre au cimetière, le tour du pâté de maisons en portant le catafalque ? Cela se fait, en cas de mort violente. Et portant ainsi Nestor, nous défierions l'ennemi. »

Vidal regarda les deux hommes – d'abord celui aux grandes mains, puis celui au nez pointu – s'attendant à une objection de leur part. Tous deux restèrent muets. Après un silence pendant lesquel on entendit le premier des deux changer de position sur sa chaise, Dante dit :

« Je ne crois pas que nous soyons en mesure de défier qui que ce soit.

– Encore moins en portant un catafalque », ajouta Arévalo.

Vidal admira la présence d'esprit des deux inconnus; persuadés que le bon sens triompherait, ils s'étaient gardés de plaider sa cause pour ne pas la compromettre.

Quand il apparut que tous (sauf Rey) étaient partisans de la modération, l'homme aux grandes mains dit :

« Ne serait-ce pas, en outre, exposer bien à tort les employés des pompes funèbres ?

– Des employés absolument innocents », ajouta celui au nez pointu.

La réaction fut immédiate et l'on put croire un instant à

la défaite des modérés. L'arrivée inopinée du fils de Nestor vint mettre un terme aux propos des uns et des autres, et écarta, en faisant abandonner le projet, le danger auquel ils allaient s'exposer. Le jeune homme remercia avec componction chacune des personnes présentes, et dit qu'une telle preuve de fidélité le consolait amplement de n'avoir pu, hélas! assister à la veillée funèbre de son père : la police, simple rouage, n'est-ce pas? de l'implacable bureaucratie, ne se souciant que des formalités et des interrogatoires, se moquait bien du chagrin d'un fils.

Arévalo murmura, dans un aparté :

« Ne me dis pas que tu vas pleurer!

– Pauvre type, on ne peut que le plaindre, reconnut Vidal.

– Tu crois qu'il a trempé dans le coup? demanda Rey.

– Pour qu'au beau milieu d'une guerre comme celle-ci on l'ait retenu jusqu'à maintenant, dit Arévalo, c'est que son comportement dans la tribune a dû être tout simplement monstrueux. »

26

VIDAL n'eut pas le temps de s'apitoyer davantage. On annonça le départ pour le cimetière; il y eut tout un remue-ménage dans les pièces et les couloirs de la maison. Il devait prendre sur lui pour retenir ses larmes, car la moindre chose devenait soudain déchirante. Ce qui le remua le plus, ce fut de voir Mme Labarthe, la mine défaite et l'air absent, s'avancer comme portée malgré elle. Vidal détourna son regard et aperçut Dante qui, s'affairant comme un enfant, répétait :

« Attention, garçons, ne nous séparons pas. Restons ensemble, restons ensemble. »

« Aveugle et sourd, pensa Vidal. Complètement insensible. Un vieillard n'est plus qu'une bête. »

« Le plus important, observa Arévalo en clignant de l'œil à la manière de Jimmy, c'est que des indésirables ne se glissent pas parmi nous.

– Qui va avec le fils de Nestor? » demanda Rey.

Dante précisa :

« Nous quatre, nous restons ensemble.

– On le sait », murmura ou pensa Vidal.

Il regarda une dernière fois le spectacle désolé qu'offrait la maison. Il monta dans la voiture comme un automate et resta, pendant tout le trajet, le visage presque collé contre la vitre, pour que ses amis ne voient pas ses larmes. Il prononça des paroles qui le surprirent lui-même :

« Tout semble changé, vu du corbillard.

– Et ta grand-mère! répliqua Dante qui, ce matin, entendait tout, à croire qu'il s'était enfin acheté un appareil acoustique. Nous ne sommes pas encore dedans. »

Ils contournaient le Monument des Espagnols, avenue du Libérateur. Arévalo déclara :

« Doux Jésus que je suis vieux! Voulez-vous que je vous raconte un de mes premiers souvenirs d'enfance? Je regarde cette avenue, qui s'appelait alors Alvear, et j'y vois passer des voitures découvertes avec des klaxons comme des serpents de cuivre. Certaines ont des carrosseries avec des cannages peints en jaune et noir. Que sont devenues ces grosses Renault, Hispano Suiza et Delaunay-Belleville? »

En guise de réponse, Dante enchaîna d'un ton nostalgique :

« On m'a dit qu'il y avait autrefois un marais rue Malabia.

– Il y en avait un autre en face de la chapelle de Guadalupe », dit Arévalo.

Le soleil commençait à chauffer. Vidal ôta son poncho et dit en soupirant :

« Quelle chaleur!

– Une chaleur humide, précisa Dante.

– Avez-vous entendu parler, demanda Rey, d'une éventuelle Marche des Vieux? Une manifestation qui s'impose et qui sera probablement très efficace.

– Ah! non, je t'en prie, dit Arévalo, tu imagines ce que ça sera? On se mettra toute la ville à dos. Un spectacle dantesque. »

Vidal pensa que Jimmy aurait relevé le qualificatif pour se moquer de Dante. Les autres trouvaient cette plaisanterie par trop usée.

Dante affirma :

« Un spectacle de fin du monde. Vous ne vous rendez pas compte. Toutes ces folies, toutes ces monstruosités sont-elles autre chose que l'annonce de la fin du monde? »

Arévalo dit :

« Tous les vieux arrivent un jour à la conclusion que la fin du monde est proche. Moi-même je perds patience...

– Tais-toi donc, grogna Rey. Tu voudrais peut-être qu'on applaudisse ces garnements avec leurs sottes prétentions?

– En tout cas, nous autres vieux, nous sommes trop fatigués pour cela, dit Vidal.

– Et tu ne vas pas me dire que la mode qu'ont adoptée les femmes ce n'est pas la fin du monde? Qu'elle n'annonce pas la dissolution et la fin de tout? » dit Dante.

Ils passaient rue Juan B. Justo, près de la gare du Pacifique.

« On ne sait comment défendre les vieux, fit remarquer Arévalo. On n'a que des arguments qui relèvent de la sensiblerie : ce qu'ils ont fait pour nous, qu'ils ont aussi un cœur, qu'ils souffrent, etc. Je parie que vous ne savez pas comment les Esquimaux et les Lapons se débarrassent de leurs vieux?

– Tu nous as déjà raconté tout cela, dit Dante.

– Vous voyez? continua Arévalo de sa voix asthmatique. Nous nous répétons. Rien ne ressemble plus à un vieux qu'un autre vieux : même comportement, même artériosclérose.

– Même quoi? demanda Dante. Si vous parlez la bouche fermée, je n'entends pas. Regardez, regardez donc : quand j'étais petit j'habitais ici. On a démoli la maison. »

Vidal se rappela la maison paternelle; la cour et la glycine; le chien Flick; les nuits pendant lesquelles il entendait le tramway grincer dans le virage, pour ensuite accélérer et passer bruyamment devant leur porte.

« Je parie que vous ne savez pas où il y avait une ferme, dit Arévalo. Rue Montevideo, près de l'avenue Alvear. A l'angle, il y avait une écurie.

– Une quoi? demanda Dante.

– Tu te souviens, Rey? dit Vidal. A côté de ta boulangerie vivait une centenaire.

– Mme Jeanne. Quand j'ai agrandi mon magasin, elle était encore là. C'était une personne très accueillante. On n'hésitait pas chez elle à servir votre cuisine argentine. Ah! ces bons bouillis! Ah! ces pâtés! Je lui suis reconnaissant aussi de m'avoir appris votre histoire, avec l'arrivée de l'Infante Isabelle qu'elle vit passer en carrosse. Mme Jeanne avait deux petites-filles : une laide et une jolie, toutes deux couvertes de taches de rousseur.

– Pilar et Celia, dit Vidal. La jolie, Celia, mourut jeune. J'en étais amoureux fou.

– Où est le temps, dit Dante, où les femmes nous recherchaient? »

Vidal pensa : « Je lui dis, ou je ne leur dis pas? »

« C'est bien fini, assura Rey.

– Ce qui serait étonnant, c'est que ce temps revienne, observa, flegmatique, Arévalo.

– Bien que je n'arrive pas y croire moi-même, dit Vidal, deux femmes m'ont fait des avances aujourd'hui. Parfaitement, à moi.

– Et que s'est-il passé? demanda Rey.

– Rien. Elles étaient trop laides. »

« Et puis, pensa-t-il sans en rien dire, il y a Nélida. »

« Ne serait-ce pas plutôt que tu es trop vieux? dit Dante. Dans le temps nous n'étions pas si difficiles. »

« C'est vrai », pensa Vidal. Ils avaient dépassé le quartier de Villa Crespo. Il y eut un silence prolongé.

« Nous ne disons plus rien. A quoi penses-tu, Arévalo? dit Rey.

– Vous allez rire, avoua ce dernier. J'ai eu une sorte de vision.

– A l'instant?

– A l'instant. Il m'a semblé voir un puits, qui représentait le passé, et où venaient tomber les gens, les animaux et les choses.

– Oui, dit Vidal, cela donne le vertige.
– Le futur aussi donne le vertige, reprit Arévalo. Je l'imagine comme un précipice à l'envers. Les gens, les choses, tout ce qui est nouveau se penche au bord comme décidé à rester là mais est emporté à son tour et disparaît dans le néant.
– Tu vois, dit Dante. Les vieux ne sont pas tellement croulants. Il y en a même d'intelligents.
– C'est pour cela qu'on nous traite de hiboux, assura Arévalo.
– De cochons, corrigea Rey.
– De cochons ou de hiboux, répondit Arévalo. Le hibou est le symbole de la philosophie. Intelligent, mais affreux. »
Ils entrèrent dans le cimetière, s'arrêtèrent à la chapelle. Après l'absoute, ils retournèrent aux automobiles; Vidal remarqua que la leur était la troisième et dernière du cortège. Il faisait chaud. Ils reprirent lentement le chemin menant à la tombe.
« Que disais-tu, Vidal, demanda Arévalo, à propos d'une jeune fille qui était morte jeune?
– J'en étais amoureux fou. Elle s'appelait Celia. »
La voiture freina brusquement. Dans un éclatement laiteux, la vitre du pare-brise se cassa et devint opaque. Vidal ouvrit la portière et descendit pour voir ce qui était arrivé. Il constata un silence extraordinaire, comme si non seulement le cortège, mais le monde entier se fût arrêté. L'homme aux grandes mains descendit de la première voiture et, dans une sorte de pantomime pathétique, il s'en couvrit la figure. Devant le corbillard chargé de fleurs, des gens en foule riaient, dansaient, se baissaient en se contorsionnant et se redressaient en une rapide détente. Vidal s'aperçut que la figure de l'homme aux grandes mains était couverte de sang et il comprit alors que les contorsions de ceux qui se trouvaient devant eux n'étaient autre chose que l'élan qu'ils prenaient pour lancer des pierres.

« Ils nous ont pris dans la souricière », gémit Dante.

Les pierres tombaient à droite et à gauche. Quelqu'un cria d'une voix blanche :

« Fuyez! »

Vidal partit aussitôt en courant. Quand il fut à bout de souffle, il se jeta par terre et il alla, en rampant, se réfugier derrière une tombe. Ce contact trop étroit avec l'herbe et la terre lui fut désagréable. Il se leva, secoué d'un frisson. Une pierre était tombée près de lui, il se remit à courir, aussi longtemps qu'il put, puis il marcha et pensa qu'il devait éviter de se perdre dans cet immense cimetière. Il sentit de petits chocs sur son dos et sa nuque. C'étaient des gouttes d'eau. De grosses gouttes pesantes. Il s'était mis à pleuvoir. Il se dit : « Une sale pluie, qui se mêle à la sueur. » En se dépêchant, en trébuchant à plusieurs reprises, il marcha jusqu'à la sortie sur la rue Jorge Newbery et arriva, titubant, rue Corrientes, de l'autre côté du parc. « Il y a un mot pour cela, pensa-t-il, un mot. » Il était trop fatigué pour le chercher, mais il finit par le trouver : « Humiliation. Quelle humiliation! » Il se dit : « Le premier taxi qui passe, je l'arrête. » Il en vint plusieurs qui passèrent sans ralentir, comme s'ils ne voyaient pas ses gestes d'appel. Vidal entra dans un bistrot et, les coudes appuyés au comptoir, il commanda :

« Une petite bière bien fraîche et deux sandwiches au jambon. »

Tout en essuyant son zinc avec un torchon, l'homme lui dit :

« Vous ferez comme bon vous semble, mais je ne vous conseille pas de rester. Le climat est malsain. »

Pour ne pas avoir l'air de vouloir s'obstiner, il remercia et se dirigea vers la porte.

« La raison, la fatalité, dit-il, c'est d'accepter les humiliations. Quand on est vieux, s'entend. »

27

Comme il pleuvait des cordes, il interrogea du regard l'homme du comptoir qui venait de lui conseiller de s'en aller. Celui-ci, qui sans doute attendait sa réaction, se borna à lui indiquer la rue d'un geste de la tête, bref et comminatoire. Vidal marcha jusqu'à la rue Dorrego; en rasant le mur des maisons il ne se mouillait qu'une épaule. A deux ou trois reprises il agita sa main pour héler un taxi; aucun ne s'arrêta. Il descendait déjà l'escalier du métro quand il se dit que là quelqu'un pourrait être tenté de le jeter sous une rame. L'esprit brouillé par la fatigue et la faim, il ajouta : « Le pire c'est que cela me met loin de chez moi. » De nouveau sous la pluie, il constata que l'eau et la sueur imbibaient ses vêtements à l'extérieur et à l'intérieur. « Heureusement que je ne suis pas encore vieux! pensa-t-il. J'en connais plus d'un qui pour moins que cela attraperait une double pneumonie ou une bronchite chronique. » Il toussa pour voir. Bien que le 93 passât près de chez lui, il n'osa pas monter dans cet autobus, pensant que parmi tant de voyageurs pouvait fort bien se trouver un agresseur éventuel. Alors qu'il en était arrivé à envisager comme seule solution possible celle, inconcevable, d'entreprendre à pied cet interminable trajet de retour, la pluie cessa. Vidal interpréta ce fait comme un signe du destin et attaqua sa longue marche. Il n'aurait plus su dire depuis combien d'heures il n'avait ni mangé ni dormi.

Si on l'attaquait dans une avenue, il y aurait sans doute des passants pour le défendre; mais, par contre, il était plus exposé que dans une rue déserte où tout se voyait de loin... En débouchant rue Bonpland, il remarqua que le vent soufflait du Rio de la Plata et que le temps avait fraîchi. Il pensa : « Un destin de vieil idiot : après avoir échappé aux dangers violents, mourir d'un mauvais rhume. » En arrivant rue Soler, il aperçut un groupe de jeunes gens; bien qu'ils fussent peut-être inoffensifs, il fit un grand détour pour les éviter et prit par la rue Paraguay en traversant le passage à niveau des entrepôts de vin. Un pavé disjoint suffit à le faire trébucher et tomber. Il resta à terre, tremblant, épuisé. Quand il se releva il crut qu'il oubliait quelque chose de très important qu'il venait de se rappeler quelques secondes auparavant. Il pensa : « J'ai failli m'endormir, quelle honte. » Il continua son chemin et place Güemes il put enfin prendre un taxi : une vieille voiture, conduite par un vieil homme. Celui-ci écouta attentivement l'adresse que Vidal lui donnait, baissa son drapeau et dit :

« Vous faites bien, monsieur. Passé un certain âge, il ne faut pas monter dans des taxis conduits par des jeunes.

– Pourquoi? demanda Vidal.

– Vous n'êtes pas au courant, monsieur? Ils s'amusent à ramasser des vieux et après ils les jettent n'importe où. »

Vidal était presque couché sur la banquette arrière. Il se redressa et se penchant vers l'homme, dit :

« Qu'on ne vienne pas me dire que cette guerre est motivée par des lois sociologiques. Ce qu'il y a derrière elle, c'est une muflerie éhontée.

– Vous avez raison, monsieur. L'Argentin est un voyou. La jeunesse s'imagine qu'elle va à la chasse à la grosse bête et c'est nous qu'elle pourchasse.

– Et on vit dans l'insécurité. Le pire c'est de toujours craindre une surprise.

– C'est ce que je dis, reprit le chauffeur. Supposons

qu'effectivement il y ait trop de vieillards inutiles. Pourquoi ne les mène-t-on pas dans un endroit décent où on les exterminerait par des moyens modernes?

– Le remède ne serait-il pas pire que le mal? demanda Vidal. Il y aurait des abus.

– Là, je ne dis pas le contraire, reconnut l'homme. Le gouvernement a tendance à abuser. On le voit bien avec le téléphone. »

Vidal paya et descendit. Il n'avait jamais été aussi fatigué de sa vie. Il pensa alors à ses amis. Pourvu, se dit-il, qu'aucun d'eux n'ait reçu un coup de pierre comme celui qui avait ensanglanté l'homme aux grandes mains! Occupé d'abord à fuir, puis à rentrer chez lui, il les avait complètement oubliés. « Complè-plè-tement oubliés, comme aurait dit ce pauvre Nestor », pensa-t-il en s'attendrissant à ce souvenir. Aurait-il encore la force d'aller chez Dante où jusqu'à la boulangerie? « Arévalo est un véritable ours et personne, que je sache, n'est entré chez lui, même pas Jimmy qui est pourtant si curieux. » Il confia ce dernier détail à l'auditoire qui, dans son rêve, l'écoutait.

28

BIEN qu'il n'eût plus la force de se tenir debout, il retarda encore le moment de décider s'il se mettrait au lit ou ressortirait prendre des nouvelles de ses amis; il allait d'abord se remonter en buvant un peu de maté. Il mangeait du pain en attendant que l'eau soit chaude quand Nélida fit son apparition. La jeune fille le regarda dans les yeux et dit :

« Pardonnez-moi d'entrer sans frapper. Une mauvaise habitude.

– Mais non, pourquoi?

– Je tombe toujours mal. Mais je voulais vous prévenir.

– Me prévenir de quoi, Nélida?

– Qu'il y a certaines hypocrites qui vous font bon visage et qui par-derrière vous dénoncent s'il le faut. Une petite amie à vous, qui fréquente Bogliolo, doit parfaitement savoir que son neveu...

– Oui, je sais, Nélida. Cette personne est venue me prévenir.

– Et elle en a profité au passage?... Elle viennent toutes parce qu'elles sont folles de vous.

– Ne dites pas cela, Nélida. Madelon n'est pas folle de moi et elle n'est pas ma petite amie.

– Madelon? S'il n'y a rien entre vous, pourquoi Bogliolo laisse-t-il son neveu vous dénoncer? Vous savez pourquoi? Parce qu'il sait qu'il ne tient qu'à vous de prendre sa place auprès d'elle.

– Non, Nélida, c'est absolument faux.

– Je me demande ce que vous lui trouvez à cette vieille.

– Rien, Nélida. Vous fâcherez-vous si je vous dis que je tombe de sommeil? J'étais sur le point de me mettre au lit. J'allais me déshabiller.

– Qui vous en empêche?

– Mais, Nélida... », protesta-t-il, puis résigné, il éteignit le réchaud.

« Mais quoi? »

Il la vit s'asseoir au bord du lit, enlever tranquillement ses souliers et ses bas, et il admira ce naturel et le mouvement gracieux des mains qui faisaient glisser les bas le long des jambes et les lançaient sur une chaise. « Serait-il possible que j'aie cette chance? » se dit-il dans un élan de gratitude. La jeune fille se leva; comme si elle était seule, elle se regarda un instant dans la glace et d'un seul geste – du moins à ce qui lui parût – elle fut nue, si blanche dans l'ombre de la pièce. Emu par cette révélation, il entendit qu'on lui disait de tout près : « Idiot, idiot. » Elle l'étreignit, elle le caressa, elle l'embrassa. Il l'écarta un peu de lui pour mieux la regarder.

« Sais-tu, dit-il, que je t'aime comme un fou, mais je suis si bête que je n'aurais jamais osé te l'avouer. »

Une autre surprise le laissa bouche bée; ils tombèrent dans les bras l'un de l'autre et comme il se sentait incapable de parler, il la serra contre lui : il eut l'impression de se perdre dans un champ de lavande. Quand, au bout d'un moment, il se sépara d'elle, Nélida le gifla violemment.

« Pourquoi me gifles-tu? demanda Vidal. Je voulais...

– Cela me regarde », répliqua-t-elle.

Mais sa colère ne dura pas. Vidal dit alors :

« N'ai-je pas rêvé? Je me méfie, car je m'endors à chaque instant.

– Et ceci, est-ce un rêve? demanda Nélida en riant et elle lui passa la main sur la joue. Dormons, veux-tu.

– Antonia et sa mère ne t'attendent pas?

– Comme je suis en train de déménager, elles penseront que je suis restée chez mes tantes.

– Tu déménages?

– Tu ne savais pas? Avant-hier est morte ma pauvre tante Paula, celle qui faisait les gâteaux, tu te souviens? Je parlais toujours de « mes tantes », mais à vrai dire il ne m'en restait plus qu'une. On m'a conseillé d'occuper au plus vite l'appartement, avant que personne d'autre ne s'y installe.

– C'est loin d'ici? demanda-t-il inquiet.

– Non, rue Guatemala, près de la rue Julian Alvarez.

– Mon ancien quartier.

– Pas possible? Raconte.

– Je suis né rue Paraguay. Ce qu'il y avait de plus joli dans la maison c'était certainement la cour avec sa glycine. J'avais un chien qui s'appelait Flick. Mais je ne vais pas t'ennuyer avec ces histoires! Antonia et sa mère vont bien regretter que tu t'en ailles.

– Vois-tu, je ne sais pas. La situation était devenue impossible. La pauvre Antonia préférera peut-être qu'il n'y ait pas de témoins, parce qu'après tout, c'est sa mère. La pauvre femme est difficile à supporter. En prenant de l'âge elle s'est affreusement masculinisée : on l'appelle le Dragon, figure-toi! Ce qui m'inquiète, ce sont les petites-filles. Mais, mon pauvre, je t'empêche de dormir. »

Ses paupières se fermaient, mais il ne se résignait pas à interrompre la conversation... Peut-être avait-il éprouvé jadis un sentiment de bien-être comparable, « mais, se dit-il, ceci est un luxe auquel maintenant je ne suis plus habitué et que je ne veux pas gaspiller ».

29

IL fut réveillé par un fracas qu'il pensa être le coup de feu qu'il tirait sur un hibou. Il se souvenait parfaitement de son rêve : il était dans un refuge, une sorte de cahute, qui (d'après les explications qu'on lui avait données) était un abri résistant et sûr. Avec la satisfaction d'un propriétaire inspectant ses murs, il avait levé la tête : le toit manquait. Il avait vu par l'ouverture fondre sur lui des hiboux furieux qui remontaient ensuite pesamment pour revenir à la charge. Il avait tiré un coup de fusil sur celui qui hululait le plus fort. Complètement réveillé maintenant, il se tourna sur sa gauche : Nélida était près de lui. Il pensa : « Quelle vie n'ai-je pas menée ces derniers temps pour faire de tels rêves à ses côtés! » En la voyant dormir ainsi il se souvint d'un petit détail qu'il évoqua avec plaisir car il datait de sa jeunesse : il était toujours le premier à s'endormir et le premier à se réveiller. Dieu sait depuis combien de temps il n'avait été à même de vérifier le fait!

Comme pour mieux en graver le souvenir dans sa mémoire il récapitula point par point tout ce qui s'était passé depuis que Nélida était entrée dans sa chambre. Il se félicita de ne pas avoir cédé à la tentation, si inopportune et qui eût risqué de lui être funeste, de lui demander : « Et ton fiancé? » A un certain moment, par scrupule pour cet inconnu, il avait stupidement failli lui poser la question; s'il le faisait maintenant, ce serait poussé par l'instinct de la possession. Amusé, il se dit : « Pour ce qui est d'exiger, nous ne perdons pas de temps. »

Il crut soudain comprendre par intuition que l'explication de l'univers était dans l'acte d'amour. Avec l'orgueilleuse modestie de celui qui sait que les gros lots nous sont attribués, non pas selon nos mérites personnels, mais parce qu'il faut bien que quelqu'un les touche, il se dit qu'il avait été cette nuit parmi les gagnants. Sentant qu'il lui fallait partager sa joie, il se rapprocha de la jeune fille. Il la contempla tout à loisir et se murmura lentement à lui-même : « Extraordinairement jolie. » Avec précaution, comme si son but principal était de ne pas la réveiller, pour la seconde fois il la posséda.

Quelques instants plus tard, allongés sur le dos, ils bavardèrent paisiblement, puis Nélida lui dit :

« Je t'empêche encore de dormir.

– Non, ce n'est pas toi, répondit Vidal. C'est la faim. Je n'ai pas mangé depuis deux jours.

– Que veux-tu que je te prépare?

– Il n'y a presque rien ici.

– Je m'habille et je vais chercher quelque chose chez Antonia.

– Non, ne t'en va pas. Nous avons du pain, du maté, des fruits secs et peut-être même une tablette de chocolat. Mais le chocolat est à Isidorito et il va se fâcher si nous le lui mangeons. Par moments, il a l'estomac dans les talons. »

Nélida ne tint pas compte de l'objection :

« Et nous alors, parlons-en... », dit-elle en riant.

Elle alluma la lampe, se leva. Vidal lui indiquait, du lit, où se trouvaient les choses et la regardait circuler toute nue dans la chambre.

« Je vais remettre de l'eau à chauffer, annonça la jeune fille en vidant le restant du maté, tu sais ce que j'ai rêvé? Que nous étions partis chasser, toi, moi et ton chien Flick.

– C'est incroyable ! Moi aussi j'ai rêvé que je chassais je ne sais quels gros oiseaux. »

Tout réjouis de cette coïncidence, ils reconnurent qu'elle paraissait incroyable.

« On m'a parlé de toi, dit Nélida. Une dame dont j'ai fait la connaissance hier chez ma tante Paula. Elle s'appelle comme moi.

– Tu ne vas pas me dire que c'est la Nélida qui habitait ici autrefois ? »

Si, précisément, c'était elle. Nélida reprit :

« Tu ne l'as pas oubliée, à ce qu'il semble. »

Peut-être pour ne pas avoir l'air de s'intéresser outre mesure à l'objet de ses anciennes amours, Vidal demanda :

« Carmen vit avec elle ?

– Pas de blague : la petite est sur le point de se marier. »

Vidal, un instant dérouté, finit par comprendre qu'il s'agissait d'une fille de Nélida, mais il n'avoua pas que c'est de la mère qu'il voulait s'enquérir. Il fut de nouveau sur le point de demander : « Qu'est-ce qui va se passer maintenant avec ton fiancé ? » Il se retint, craignant de commettre un impair...

« Ce festin va réparer nos forces », dit Nélida.

Ils mangeaient avec appétit et riaient de bon cœur. Vidal pensa : « N'allons-nous pas réveiller Isidorito avec tout ce tapage ? Ne va-t-il pas surprendre Nélida dans ma chambre ? » Il cessa de s'inquiéter. « Ou je me trompe ou cela la laisse indifférente. Elle a raison. L'important c'est de se rappeler cette nuit. La plus belle de ma vie. » Il lui déplut aussitôt de constater qu'il était déjà à se souvenir de ce qu'il était encore en train de vivre : c'était le considérer comme du passé. Il lui déplut également de constater que c'était comme s'il se séparait de Nélida. Mais il se dit aussi : « J'ai pris l'habitude, depuis quelque temps, de me demander si ce qui m'arrive ne m'arrive pas pour la dernière fois. On dirait que je fais exprès de tout gâcher avec mes idées noires. »

« Pourquoi ne viendrais-tu pas habiter chez moi ? » lui demanda Nélida.

Il repoussa d'abord l'idée, simplement parce qu'il ne l'avait pas envisagée; puis, quoiqu'un peu surpris, il l'estima séduisante et il crut alors nécessaire de préciser qu'il subviendrait, dans la nouvelle demeure, aux frais du ménage (il soulageait son amour-propre sans même savoir à combien s'élèveraient les frais ni calculer les sommes dont il disposait). La jeune fille ne lui prêtait pas grande attention et l'écoutait en dissimulant mal son impatience, si bien que Vidal finit par se dire : « Elle va peut-être me trouver vieux jeu. » Comme il ne voyait pas clairement où il avait gaffé, il choisit une fois de plus de se taire. Il ne put alors résister à la tentation de poser enfin cette question qui lui brûlait les lèvres :

« Et ton fiancé ? »

« Encore une erreur de ma part, pensa-t-il, et qui montre la distance infranchissable qu'il y a entre les générations. »

« Cela t'importe-t-il beaucoup ? demanda Nélida.

– Beaucoup, répondit-il en s'armant de tout son courage.

– Tant mieux. J'avais peur que cela te soit égal. Ne t'inquiète pas, je lui dirai qu'avec lui tout est fini. C'est toi que j'ai choisi. »

Savourant la déclaration qu'il venait d'entendre et qui consacrait merveilleusement son triomphe – tout ce qu'un amoureux pouvait souhaiter lui était donné en ce jour, aussi bien en actes qu'en paroles – il poussait doucement Nélida vers le lit quand des coups résonnèrent à sa porte.

Il passa son vieux manteau marron et alla voir qui était là.

30

« AU grenier, mon vieux, vite au grenier! dit précipitamment Faber, montrant sa tête grisonnante par la porte que Vidal avait entrebâillée.

– Qu'est-ce qui se passe? » demanda Vidal. Il fit un écran de son corps pour que l'autre ne vît pas Nélida.

« Vous n'avez pas entendu les détonations? On se serait cru dans un western. Vous avez un fameux sommeil, don Isidro. Quant à moi, j'ai beau devenir sourd, quand je dors j'ai l'oreille d'une finesse! »

Il essayait d'entrer, comme s'il craignait un danger quelconque peut-être parce qu'il avait aperçu Nélida. Vidal retint la porte d'une main ferme et s'appuya au montant.

« Je n'ai aucune intention de monter au grenier », déclara-t-il.

Faber poursuivit ses explications :

« Comme ils ont trouvé la porte fermée – le gardien maintenant met le cadenas – ils ont voulu l'ouvrir à coups de revolver. Heureusement que passait par là une de ces patrouilles de surveillance qui fait du zèle pour qu'on dise que l'ordre est assuré. Mais ils ont dit qu'ils reviendraient, don Isidro. Si vous ne me croyez pas, demandez aux autres. Tout le monde les a entendus.

– Je vous déclare que je resterai dans ma chambre. D'abord, je ne me considère pas comme un vieux.

– C'est votre droit, convint Faber, mais on n'est jamais trop prudent.

– Et puis ils ne me font pas peur. Comment aurais-je peur des jeunes gens du quartier, de pauvres imbéciles que j'ai pratiquement vu naître? Cette jeunesse me connaît aussi et sait parfaitement que je ne suis pas vieux. Je vous l'assure : ils me l'ont dit eux-mêmes.

– Ceux qui ont promis de revenir ne sont pas du quartier. Ils viennent du Club des Employés de Mairie. Ils se sont emparés des camions de la fourrière et ils parcourent les artères de la ville, faisant la chasse aux vieux qu'ils vont chercher dans leurs réduits et qu'ils promènent en cage, pour les exposer, je pense, à la risée de tous.

– Et qu'est-ce qu'ils leur font ensuite? » demanda Nélida.

Elle était derrière Vidal. Celui-ci pensa : « Faber doit voir ses bras. »

« Il y en a qui disent, mademoiselle, qu'on les fait passer dans la chambre à gaz pour chiens enragés. Un compatriote de notre gardien assure, lui, qu'on ouvre les cages en arrivant à San Pedrito et qu'on les abandonne après les avoir pourchassés à coups de fouet en direction du cimetière de Flores.

– Ferme cette porte », ordonna Nélida à Vidal.

Vidal la ferma et dit :

« Il est fou. Je ne vais pas monter au grenier avec les vieux.

– Ecoute, moi, à ta place, conseilla Nélida, je me cacherais cette nuit, et je m'en irais demain matin, à la première heure.

– Où irais-je?

– Rue Quatemala. Tu viens chez moi, n'est-ce pas convenu? Essaie d'entrer discrètement, après quoi, bien malin qui te trouvera. »

Il avait été tout à fait hostile à l'idée de se réfugier au grenier, mais maintenant que cette solution se présentait comme faisant partie du projet de Nélida, elle devenait envisageable. Dans l'immédiat, s'il ne voulait pas attirer l'attention (comme elle le lui avait conseillé), il ne pourrait pas emporter grand-chose. Autrement dit ce déménagement n'aurait rien de définitif ni de complet. Sous prétexte de sauver sa peau, il se permettrait l'aventure de vivre une semaine avec une femme. Peut-être qu'ensuite il aurait du mal à la quitter car il aurait sans doute alors contracté une nouvelle habitude, celle de vivre avec Nélida, tout à l'opposé de l'ancienne, qui était de vivre avec son fils, c'est-à-dire, en fait, de vivre seul : mais il ne voulait pas penser si loin.

Il serra Nélida dans ses bras et lui répondit presque gaiement :

« Si tu m'invites vraiment, j'irai chez toi demain.

– Pour cela il faut que je te donne mon adresse. Il te faut aussi les clefs, pour n'avoir pas besoin de sonner et d'attendre. Moi, je me ferai ouvrir. »

Elle prit les clefs dans une poche de sa robe. Ils cherchèrent du papier et un crayon; la jeune fille écrivit l'adresse. Vidal prit le papier sans même le lire.

31

QUAND il se retrouva dans le petit escalier raide et branlant, il comprit qu'il ne s'était pas trompé la première fois : monter au grenier était une humiliation. Une fois en haut, le toit trop bas, l'odeur, la saleté, les plumes, tout vint augmenter son découragement. Comme au fond d'un tunnel – le grenier s'étendait sur toute l'aile gauche de la maison – il aperçut au loin la lueur d'une bougie et deux silhouettes qui se dessinaient dans l'ombre. Il les identifia : Faber et le gardien. Il rampa jusqu'à eux.

« Voici l'enfant prodigue, dit Faber. Il ne manque plus que Bogliolo.

– Il ne viendra pas, dit le gardien. Il s'est réfugié chez la fille du tapissier. Maintenant que le père est mort, elle reçoit des hommes chez elle.

– Beaucoup se sont réfugiés chez leurs maîtresses, assura Faber.

– Oui, et ils s'en vantent, dit le gardien. Mais comme la première chose qu'on cherche à savoir, c'est avec qui couche le voisin, ils les attraperont quand ils voudront. »

Le gardien et Faber parlaient probablement sans arrière-pensée. Pour leur prouver, ou peut-être pour se prouver à lui-même, que rien de ceci ne le troublait, Vidal intervint dans la conversation.

« Il semblerait, dit-il, que cette guerre des cochons ou

des vieux, après s'être un peu calmée, a repris avec plus de vigueur.

– Les derniers sursauts avant la fin, expliqua Faber, avec cette voix de fausset qu'il prenait depuis quelque temps. La jeunesse est au bord du désespoir.

– Ils manquent d'efficacité, dit Vidal. C'est une guerre où il ne se passe rien. De simples menaces. Je sais de quoi je parle car j'ai été plus d'une fois pris à parti.

– Il en va peut-être ainsi pour vous, reprit gravement le gardien, mais votre ami Nestor a bien été tué, lui. Et votre ami Jimmy, n'a-t-il pas disparu? Dieu veuille qu'on le retrouve vivant.

– La jeunesse est au bord du désespoir, répéta Faber. Dans un proche avenir, si le régime démocratique se maintient, les vieux seront les rois. C'est mathématique, voyez-vous. Majorité des votes. En effet, que nous apprennent les statistiques? Qu'on ne meurt plus aujourd'hui à cinquante ans mais à quatre-vingts, et demain à cent ans! Parfaitement. Imaginez donc un peu le nombre impressionnant de vieux que cela va donner et le poids qu'ils auront sur le gouvernement. La dictature du prolétariat touche à sa fin et fera place à la dictature des vieux. »

L'expression de Faber s'assombrissait petit à petit.

« A quoi pensez-vous? demanda le gardien. Vous paraissez affligé.

– A parler franchement, dit Faber, je pense que j'aurais dû passer par les cabinets avant de monter. Vous me comprenez?

– Comment donc! assura le gardien. Voilà un moment que j'ai la même préoccupation.

– Et moi je ne pense qu'à cela », avoua Vidal.

Ils partirent d'un éclat de rire, se tapèrent fraternellement sur l'épaule. Le gardien les prévint :

« Ne me secouez pas ou je suis perdu.

– Attention à la bougie, dit Faber en s'en emparant.

– Si le feu prend dans ces caisses, nous épargnerons du travail à la jeunesse.

– Ne plaisantons pas.

– Si nous tentions une sortie rapide jusqu'aux cabinets? proposa Faber.

– Impossible, à cause des jeunes gens de la maison, déclara le gardien. Ils ont dit que nous étions partis. Supposez que d'autres nous voient : nous les compromettrions.

– Alors je vais faire comme les bébés, dit Faber, pleurant de rire.

– N'y aurait-il pas ici un endroit propice? demanda le gardien.

– Peut-être derrière les caisses du fond, dit Vidal.

– N'est-ce pas au-dessus de la chambre de Bogliolo?

– Vous m'en demandez trop, répondit Vidal.

– Ah! je comprends tout, s'écria le gardien. C'est vous qui l'autre jour lui avez trempé son plafond. Maintenant c'est un trio qui va s'exécuter. »

Secoués de rires convulsifs – qu'ils tentaient de retenir mais qui fusaient bruyamment malgré eux – ils parvinrent tant bien que mal à se glisser jusqu'à l'endroit qu'avait indiqué Vidal. Ils y demeurèrent un bon moment.

« S'il ne loue pas une barque, il va se noyer », prédit Faber.

Ils revinrent sur leurs pas. Parlant de Faber, le gardien chuchota à l'oreille de Vidal :

« Sa voix change. Elle devient nasillarde.

– Comme celle d'un canard », dit Vidal.

Ils se turent soudain, alarmés par des bruits en dessous d'eux. Ils entendirent des murmures, une bousculade et enfin un juron lâché par une grosse voix virile.

« Mon Dieu, que se passe-t-il? » demanda Faber de sa voix de fausset et tout tremblant.

Les deux autres restèrent cois.

Des pas pesants, accompagnés de longs grincements, montaient lentement dans l'escalier. Quand Vidal vit la masse apparaître, pour la première fois de sa vie il eut peur. Il ne la reconnut pas sur-le-champ, mais seulement quand la fillette qui venait avec elle l'eut éclairée avec sa lanterne : énorme, cylindrique, gonflée, le teint de bronze d'un Indien, cheveux blancs en désordre, Mme Dalmacia les regardait avec une expression de colère et d'égarement.

« Qui sont ceux-là? demanda-t-elle.

– Monsieur le gardien, Faber et Vidal », répondit sa petite-fille.

Mme Dalmacia les regarda avec un mépris majestueux :

« Trois tapettes. Les bébés les effraient et ils se cachent. Sachez, bande de dégonflés, que je voulais rester en bas, moi. Ils peuvent toujours venir; d'un coup d'épaule je les balance. Mais ma fille m'envoie ici parce que c'est une salope qui dit que je suis aveugle. »

Le silence s'établit de nouveau. Vidal demanda :

« Que fait la vieille à présent?

– Elle nous a oubliés. Elle joue avec la petite, expliqua Faber.

– Je ne comprends pas qu'on lui laisse cette enfant, dit le gardien. Cette femme est devenue une virago répugnante. La vieillesse vous joue de ces tours! »

32

MARDI 1er JUILLET

L'IRRUPTION de Mme Dalmacia les avait visiblement décontenancés. Ils se taisaient. Il devait être tard et, en cette période de guerre, les journées, fertiles en émotions, étaient épuisantes. Vidal s'endormit dans la pénombre silencieuse. Il rêva que sa main renversait la bougie, que le grenier brûlait et qu'il approuvait, victime parmi les autres, cette purification par le feu. Il souhaitait maintenant, à la suite de circonstances qui échappaient à sa mémoire, le triomphe des jeunes et il expliquait tout d'une phrase qui lui semblait très satisfaisante : « Pour avoir voulu vivre comme un jeune, je meurs comme un vieux. » L'effort qu'il fit en la prononçant ou peut-être le murmure de ses lèvres le réveilla.

Il dut se souvenir, ne serait-ce qu'inconsciemment, qu'il s'était réveillé en une autre circonstance dans ce même grenier, paralysé par un lumbago, car il tenta tout de suite des mouvements pour vérifier la flexibilité de son dos : aucune douleur n'apparut.

« Comme toujours, le premier debout », se dit-il avec une certaine fierté. Dans la lumière de l'aube, qui pénétrait par la lucarne, il aperçut Faber et le gardien. Il pensa : « Ils dorment comme deux cadavres qui respireraient », et il s'étonna qu'une respiration puisse être parfois désagréable à regarder. Il faillit trébucher sur le corps de la fillette qui dormait les yeux entrouverts, le blanc visible, ce qui lui donnait une étrange expression de femme pâmée. A quelques pas de là, la vieille était écroulée. Vidal, dans l'escalier, eut un vertige de faiblesse et se dit qu'il lui fallait manger quelque chose. Dans le temps, et cela remontait peut-être même à son enfance, d'être à jeun lui donnait de ces étourdissements. Arrivé en bas il s'arrêta, une main sur la rampe. On n'entendait aucun bruit. Les gens dormaient encore, mais il n'y avait pas de temps à perdre, car ils ne tarderaient pas à se lever.

Il trouva sa chambre plongée dans le froid et l'obscurité et, fait qui tendait à se répéter cette dernière semaine, il fut une fois de plus frappé par l'aspect paisible des choses. Il se demanda, l'esprit abattu, si cela n'était pas de mauvais augure. Il regardait ces objets, placés là pour son usage personnel, comme s'il revenait d'un long voyage et qu'il les voyait de l'extérieur, à travers une vitre.

Il se lava, mit ses meilleurs vêtements, emballa dans un journal du linge de rechange et quelques mouchoirs. Au dernier moment, il se souvint des clefs et du papier de Nélida. Il trouva le tout dans la poche de son autre veston. Sous l'adresse (et les indications suivantes : *porte 3, monter l'escalier, porte E suivre le couloir, monter le petit escalier intérieur, porte 5*), Nélida avait écrit : *Je t'attends!* Vidal pensa que ces petits témoignages de sollicitude féminine comptaient beaucoup dans la vie d'un homme. Puis il réfléchit qu'il devait expliquer d'une façon quelconque son absence à Isidorito. Il ne savait que lui dire. Il ne pouvait écrire la vérité noir sur blanc, il ne voyait pas comment la déguiser et il ne voulait pas s'attarder. Il finit par écrire : « *Un ami m'a invité à passer trois ou quatre jours hors d'ici. Chez lui tout est calme. Prends bien soin de toi.* » Avant de sortir, il ajouta : « *Je ne te donne pas de détails, pour le cas où ce papier tomberait entre des mairs étrangères.* »

Sur le chemin des cabinets, où il se rendit pour être un moment tranquille de ce côté-là chez Nélida, il croisa la plus jeune des petites-filles de Mme Dalmacia, qui ne le vit probablement pas, toute attentive à marcher sur le carrelage en évitant les jointures. A part cette petite fille, personne ne l'aperçut. Dans la rue, encore déserte, il jeta un coup d'œil inquisiteur sur l'atelier du tapissier. S'il avait surpris Bogliolo à l'une des fenêtres, il ne l'aurait pas regardé avec jalousie ou rancune, mais avec une sorte de complicité fraternelle. Peut-être parce que depuis longtemps il n'avait pas eu d'aventure amoureuse, il réagissait à cette situation, qui redevenait nouvelle pour lui, un peu à la manière d'un jeune coq. Il pensa que s'il avait un peu de courage il serait passé par la maison de Jimmy, pour savoir si son ami était revenu, mais l'envie d'arriver au plus vite chez Nélida fut la plus forte, comme si, près d'elle, il dût être à l'abri non pas des menaces des jeunes gens, qui maintenant ne l'effrayaient presque plus, mais de la contagion probable – étant donné son apparente sensibilité au milieu ambiant – de l'insidieuse, de l'effrayante vieillesse.

33

VIDAL, peut-être parce que la matinée était froide et humide, ne rencontra aucun piquet d'agresseurs sur son chemin. « Féroces, pensa-t-il, mais non au point d'exposer leur santé. » En passant place Guëmes, il se souvint que c'était là qu'il avait trouvé un taxi en revenant du cimetière de la Chacarita : il lui paraissait incroyable que le fait ne datât pas d'un lointain passé, mais seulement de la veille. Protégé par les troncs sombres des grands arbres qui entrelaçaient en l'air leurs frais feuillages verts, il parcourut la rue Guatemala, inspectant les numéros et veillant à ce que les jeunes groupés un peu plus loin à un coin de rue ne le vissent pas. Le numéro qu'il cherchait – le 4174 – correspondait à un immeuble en deux corps séparés par un jardin, avec un magnolia et un cadran solaire. Il poussa le portail entrebâillé de la grille, il entra, il consulta son petit papier; avec la plus grosse des clefs, il ouvrit une porte; sans rencontrer personne dans le vestibule, il monta l'escalier, ouvrit une autre porte, suivit un long couloir qui était bordé à sa gauche d'une balustrade, donnant sur une cour intérieure, et à sa droite d'un mur sur lequel donnaient plusieurs portes. Sur le seuil de la deuxième ou de la troisième, se tenait une jeune femme qui le regarda avec désinvolture. Vidal pensa : « Pauvre Nélida. Tant vanter sa future maison, pour venir s'installer en fin de compte dans un immeuble aussi miteux que le premier. » Il consulta de nouveau son papier, grimpa un petit escalier de fer en colimaçon, et se trouva face à une porte où un rond d'émail blanc portait le chiffre 5. Il frappa légèrement pour ne pas entrer sans prévenir et, alors qu'il s'apprêtait à introduire la clef dans la serrure, Nélida ouvrit.

« Quelle chance! s'écria-t-elle. J'avais peur que tu hésites et que tu ne viennes pas. Entre. Maintenant je suis sûre que rien de mauvais ne peut plus nous arriver. »

Il pensa avec un étonnement charmé : « D'autres ne font pas tant voir qu'elle vous aiment. Elles y mettent des façons. Elles ne sont pas si sûres d'elles, ni si fortes. » Le logement l'ébouit : « Un vrai appartement. Elle n'exagérait pas. » Ils étaient dans un salon, qui lui parut immense, avec des décorations en stuc au plafond, et qui comportait pratiquement deux pièces : d'un côté, la salle à manger avec une table, des chaises, un buffet, un réfrigérateur; de l'autre, un salon avec une table, un canapé d'osier, des fauteuils, un rocking-chair, une télévision. Il aperçut une partie du lit et de l'armoire dans la chambre à coucher contiguë. Il pensa que le fait de devoir passer par tous ces couloirs, ces portes et ces escaliers augmentait la surprise de se trouver soudain dans un appartement si bien meublé et si confortable.

« Je suis ravi d'être ici, dit-il.

– Tu n'as presque rien apporté!

– Tu m'as toi-même recommandé de ne pas attirer l'attention sur mon déménagement.

– Mais tu as l'intention de rester? demanda Nélida.

– Si tu veux bien de moi.

– Tu patienteras quelques jours et quand le calme sera revenu nous irons chercher tes affaires. Tu m'attends un moment? je m'occupe du déjeuner... »

Tandis que Nélida s'affairait dans la cuisine, Vidal inspecta les lieux. Il vit une cour intérieure avec des fleurs, et la chambre à coucher, avec un grand lit, l'armoire, les tables de nuit et dans des grands cadres ovales, en acajou, les photographies, qui ressemblaient à des dessins à la plume, d'un monsieur et d'une dame du temps passé.

« Que sont ces portraits? demanda-t-il.

– Mes grands-parents, cria Nélida, de la cuisine. Ne t'inquiète pas, je vais les enlever. J'ai hésité à le faire, comme cela, à peine arrivée. »

Il allait répondre que cela ne le gênait nullement, mais il se retint craignant que sa phrase ne parût déplacée. Il se plaisait ici. Il regretta de n'avoir pas apporté toutes ses affaires et le seul point noir qu'il voyait à l'horizon était de devoir retourner un jour, ne serait-ce qu'un instant, rue Paunero. Au milieu de cette euphorie il se prit à penser : « Pourrai-je vivre ici sans passer pour un maquereau? »

34

UNE chose l'étonnait : Nélida ne lui avait pas caché son désir de faire l'amour. « Ce qui m'étonne le plus c'est d'en être étonné, se dit-il, car, à mon âge, j'ai suffisamment vécu pour savoir que dans ce domaine... » Il pensait que la jeune fille avait sans doute voulu lui faire une gentillesse Allongé près d'elle, sur le dos, il s'abandonna au bien-être et distraitement se mit à penser à cette affirmation, si souvent entendue, qu'on est triste après l'amour, ce qui lui parut incroyable, et il se souvint aussi de cette hâte à rentrer chez soi, à sortir au grand air, qui s'emparait de ses amis, à ce qu'ils disaient. Il en vint à conclure que les hommes n'avaient généralement pas eu autant de chance que lui. Il se retourna, regarda Nélida, désireux de lui expliquer sa gratitude, de lui parler. Nélida lui demanda :

« Ne vas-tu pas regretter ta maison?

– Quelle idée!

– On regrette ses habitudes.

– Comme celle de traverser la cour pour aller aux cabinets? Quand on vit de la sorte, on continue sans grand effort; mais il suffit de vivre une journée dans le confort pour que le retour en arrière devienne impossible.

– Moi, je n'aurais plus le courage d'habiter de nouveau avec Mme Dalmacia et ses petites-filles. C'est curieux que tu n'aies jamais songé à déménager.

– A un moment donné j'ai eu un peu d'argent devant moi et j'ai failli prendre un appartement. Ma femme m'avait quitté, je me retrouvais seul avec mon fils et, grâce aux voisines qui s'en occupaient en mon absence, j'ai pu continuer à travailler. Il y a des compensations à tout... »

En disant cela, il lui sembla que Nélida prenait l'air absent. Inquiet, il se dit : « Je l'ennuie peut-être? Elle est jeune, elle est habituée à parler avec des jeunes et moi voilà des années que je ne fréquente plus que des vieux. »

« Et tu n'as pas acheté l'appartement? demanda-t-elle.

– On ne les achetait pas, alors, on les louait. Ce rêve ne s'est pas réalisé. Comme non plus celui d'être professeur. Oui, à une époque, je voulais être professeur. On a peine à le croire, n'est-ce pas? »

Nélida semblait amusée à l'idée qu'il ait eu un jour une telle ambition. Tandis qu'ils échangeaient leurs souvenirs, Vidal remarqua que pour parler d'événements datant de deux ou trois ans, Nélida disait invariablement : « Il y a très longtemps. » Brusquement il se souvint de cette explication avec son fiancé qu'il redoutait et il demanda :

« Tu as dit à ton fiancé...

– Non, pas encore. Il faut que je lui parle. »

Vidal pensa qu'il aurait donné n'importe quoi pour que cet entretien ait déjà eu lieu.

« Je t'accompagnerai, si tu veux.

– Ecoute, ce n'est pas nécessaire, répondit Nélida. Martin n'est pas un méchant garçon.

– Martin? Quel Martin?

– Mon fiancé. Ce ne serait pas gentil de ma part de ne pas lui annoncer la chose en tête à tête.

– Où vas-tu le voir?

– Cela dépendra de l'heure... Avant cinq heures de l'après-midi, au garage. Après, il faudrait que je le cherche dans les divers endroits où il travaille. Je t'ai dit qu'il faisait partie du trio *Les Porteñitos?*

– Oui, tu me l'as dit. Il vaut mieux que tu ailles au garage. Je n'aime pas te voir traîner dans les cafés, surtout le soir.

– Il joue au *Petit Carrefour* rue Thames, et dans une cave, ce trou qui s'appelle FOB, et au *Salon Maguenta,* rue Guëmes. Je reviens, je vais un instant à la cuisine. Tu n'as pas faim? »

Vidal resta au lit, couché sur le dos, trop fatigué pour l'accompagner, pour changer de position. « Cette fatigue est très différente des autres, qui vous accablent de tristesse. Celle-ci est réconfortante, comme un diplôme accroché au mur. » Dommage qu'il y ait cette perspective d'entrevue de Nélida avec son ex-fiancé; il n'avait rien contre cet individu, mais il déplorait que par sa faute Nélida dût aller au *Petit Carrefour* ou au *Salon Maguenta,* pour ne rien dire de cette cave à nom étranger. Mieux valait qu'il se distraie en pensant à cet appartement qu'il avait failli louer : il vivrait dans le quartier Onze, il aurait aujourd'hui d'autres amis (à part Jimmy, qu'il avait connu au collège) et il n'aurait pas rencontré Nélida. Dans cette chambre, avec elle tout à côté, il lui semblait incroyable que les gens soient en train de se battre dans les rues de Buenos Aires... Il se dit qu'il serait amusant d'imaginer cette guerre circonscrite au quartier qui entoure la place Las Heras, fomentée par les machinations d'un seul fier-à-bras, le sieur Bogliolo, et dirigée contre une seule personne, Isidro Vidal.

« C'est servi! » cria Nélida.

Un plat de ravioli était posé sur la table.

« J'ai une de ces faims! s'écria Vidal.

– Je ne sais pas si tu les aimes. »

Vidal la rassura : les ravioli évoquaient pour lui des moments heureux, des dimanches de son enfance, et sa mère.

« Crois-moi, dit-il dans un élan sincère, ils sont encore

meilleurs que ceux de mes souvenirs. Moi qui pensais que je n'en mangerais jamais plus d'aussi bons! »

Ils burent du vin rouge; ils mangèrent des escalopes à la milanaise et des pommes de terre sautées. Quand vint le riz au lait, Nélida dit :

« Si tu ne l'aimes pas, tu m'excuseras. Je ne connais pas encore tes goûts. »

Il l'embrassa pour ce « pas encore » qui lui faisait présager un long avenir de vie commune. Puis il se tut; il se demanda ce qu'il pourrait ajouter, de quoi il pourrait bien parler sans risquer de l'ennuyer. Il but un autre verre de vin et, quand Nélida se leva pour faire le café, il l'embrassa de nouveau.

35

IL étendit avec confiance le bras à la recherche du corps de Nélida et ne le trouva pas. Sa déception acheva de le réveiller; il regarda à sa gauche, Nélida n'était pas là. Il eut un affreux pressentiment, il sauta hors du lit, parcourut l'appartement, ouvrit la porte qui donnait sur la cour.

« Nélida! Nélida! » appela-t-il.

La jeune fille avait disparu de la maison. Angoissé, beaucoup trop angoissé, alors qu'il n'y avait probablement pas lieu de l'être, il essaya de comprendre. Soudain il se rappela : Nélida s'était penchée sur lui – il s'en souvenait parfaitement maintenant – et elle lui avait parlé. Les phrases lui revenaient une à une. Nélida avait dit :

« Je vais mettre les choses au point avec Martin. Ne sors pas et n'ouvre à personne. Je n'en ai pas pour longtemps. Attends-moi. »

Il dormait à moitié mais il avait fort bien saisi le sens de ses paroles; elles l'avaient inquiété, elles l'avaient même irrité (l'emploi familier du prénom pour désigner cet individu!), mais comme paralysé par la fatigue due à ses dernières interminables veilles, à sa course depuis le cimetière, à sa mauvaise nuit passée dans le grenier, à ses prouesses amoureuses, il n'avait pas réagi, incapable de protester ou de bouger. Il se dit : « Je l'ai laissée partir comme un idiot. Maintenant, je suis là, enfermé dans la cage. » Nélida avait promis (un peu sur le ton qu'emploient les médecins pour redonner confiance à un malade) : « Je n'en ai pas pour longtemps », mais comme il ignorait l'heure à laquelle elle était partie, il pensait qu'il n'était pas impossible qu'elle ne fût partie que quelques minutes auparavant et que, malgré ses bonnes intentions, elle ne tardât, Dieu sait combien de temps, à rentrer. Il s'habilla lentement. Pour passer le temps, il alla à la cuisine préparer du maté. Tout en cherchant les allumettes et le pot à tisane, il se demanda si c'était vraiment son avenir de vivre avec Nélida dans cette maison. Il fit soigneusement infuser un maté et le but; puis il recommença, avec une certaine fébrilité, quatre ou cinq fois l'opération. Il se souvint de Jimmy et il se dit qu'il y avait longtemps maintenant qu'il était sans nouvelles de lui. Il devait faire un effort constant de volonté pour persévérer dans son attente; il lui semblait que Nélida ne reviendrait jamais, surtout s'il restait ainsi à l'attendre. Il avait déjà eu recours au maté, il n'avait plus la patience de rester à ne rien faire et il ne savait plus comment s'occuper. Evidemment, s'il allait chez Jimmy, cela l'occuperait un moment et, avec un peu de chance, il trouverait Nélida à son retour. Il convenait cependant d'attendre encore un peu pour lui laisser le temps de rentrer. Le mieux aurait été que la jeune fille revînt avant son départ afin d'éviter bien des risques auxquels il préférait ne pas penser. Il est certain qu'on est souvent amené à faire non pas ce qu'on veut, mais ce qu'on peut. Ce que lui ne pouvait pas faire, se dit-il, c'était de continuer ainsi, à ruminer ses pensées sans pouvoir s'occuper. Il jeta son poncho sur ses épaules, éteignit la lumière, chercha à tâtons la poignée de la porte, passa sur le palier et ferma la porte à clef. Il descendit lentement l'escalier de fer. Il se dit : « Il est temps. Je m'en vais. » Bien qu'il eût envie de revenir sur ses pas, il poursuivit son chemin par l'étroit corridor. « Ces gens ne dissimulent pas leur curiosité », pensa-t-il, en voyant des personnes le regarder sur le pas de leur porte. « Comment n'ai-je pas laissé un mot, disant *Je vais jusque chez Jimmy et je reviens?* » Un soudain ressentiment lui fit dire : « Cela lui apprendra. » Il ne savait pas si cet accès de jalousie était sincère ou si ce n'était pas un prétexte pour ne pas revenir dans la maison vide où il était resté à attendre. Il ne fallait pas se laisser dominer par ses nerfs, comme une femme hystérique. Jimmy disait que tous les ennuis viennent de ce que les gens ne dominent pas leurs nerfs. Pour dominer les siens, il s'appliqua à marcher très lentement. Il pensa : « Je lui donne une chance supplémentaire de rentrer à temps, chance qu'elle va bêtement laisser passer. » Il resta un moment devant la porte de la rue, indécis, à regarder à droite et à gauche, moins attentif au risque qu'il y ait des jeunes gens cachés derrière les arbres, qu'à l'éventuelle apparition de l'absente. Il se demanda si la manière la plus efficace de calmer son agitation ne serait pas de chercher la jeune fille dans les boîtes où le type en question, le dénommé Martin, jouait de la guitare. Il ne devait cependant pas exclure une éventualité désagréable : celle de la contrarier par sa soudaine présence et de passer ainsi pour un être méfiant et incapable de se contrôler. Nélida pourrait alors cesser de l'aimer : malheur bien sûr inévitable, car il était absurde de penser se faire aimer d'une jeune personne aussi jolie. Son arrivée intempestive lui ferait comprendre son erreur et elle serait guérie de son caprice pour lui. Peut-être lui signifierait-elle sur-le-champ d'avoir à s'en aller, et qu'elle restait avec Martin (depuis qu'il connaissait son nom, il s'était mis à le détester). Il imagina la scène : sa retraite honteuse, sous les quolibets de l'assistance, tandis que dans le fond de la salle, le couple s'embrassait; dernières images d'un film, avec le châtiment du méchant (c'est-à-dire du vieux), les jeunes gens qui logiquement tombent dans les bras l'un de l'autre, aux accords emphatiques de l'orchestre et aux applaudissements du public. Il longea la place Guëmes en prenant par la rue Salguero et fit à voix haute ce commentaire : « Quelle manie j'ai de passer tout le temps par les mêmes rues ! Il paraît que jadis c'était là que s'étendait le marais de Guadalupe. » Entre les rues Arenales et Juncal il se demanda : « Ai-je oublié Nélida ? » Il avait essayé de l'oublier jusqu'alors, parce qu'il avait l'impression que son attente empêchait la jeune fille de prendre le chemin du retour; maintenant il se reprochait son oubli comme un abandon. « J'espère qu'il ne lui sera rien arrivé ! Tiens, c'est là qu'était l'ancien pénitencier. » Le désordre de ses pensées prouvait qu'il était assez désemparé. Il eut envie de rendre visite à Dante, qui habitait non loin de là, rue French. « Je reconnais, se dit-il, que le pauvre Dante n'est pas très amusant. » Depuis les derniers événements, l'affection plus que d'habitude liait chacun des membres du groupe. Il est vrai qu'il regardait parfois ses amis avec appréhension, ou presque, comme s'ils étaient la proie d'un vice, la vieillesse, dont le préservait son amour pour la jeune fille; mais il ne savait pas s'il pouvait être sûr d'elle. Par tactique superstitieuse, le plus prudent était de la considérer comme perdue. Il aurait ainsi quelque espoir de la retrouver, car trop de certitude dans ce domaine est toujours néfaste et il risquait alors de ne jamais plus la revoir. « Par contre, se dit-il avec ironie et résignation, c'est Dante maintenant que je vais voir. » Ce dernier habitait la seule maison basse restant encore dans cette rue et elle ressemblait à un tombeau écrasé entre deux grands immeubles. Pourtant, ce n'est pas lui qu'il vit d'abord, car c'est « Madame » qui ouvrit la porte. Dante l'appelait ainsi, sans que personne ait jamais su si c'était sa bonne ou sa femme, et l'on pensait qu'elle devait être les deux à la fois. Refermant sur elle les plis d'un peignoir noir, elle l'examinait avec cette méfiance d'animal effrayé que suscitait à cette époque, chez les adultes, l'apparition de tout jeune homme. Vidal se dit : « Il faut croire qu'elle ne me prend pas pour un vieux. » Le visage rougeaud de la femme était par endroits couvert de poils noirs; ses cheveux aussi étaient noirs et entremêlés de mèches grises. Quant à ses traits, épaissis sans doute par les ans, ils étaient, comme chez beaucoup de vieilles personnes, empâtés et marqués. Vidal se demanda si cette sorcière avait jamais été et était encore (il se passe dans l'intimité des foyers des choses inimaginables) la concubine de son ami. « Un spectacle si repoussant que le mieux était de leur souhaiter à tous deux une mort rapide. Mais il est bien certain que s'il m'arrive de vivre aussi vieux, en restant aussi vert, je n'aurai garde de repousser aucune femme. Tout ce qui me prouvera alors que je suis encore en vie me sera précieux. » Comme on allait lui fermer la porte au nez il cria :

« Je suis Isidro Vidal. Dites à M. Dante qu'Isidro est là. »

Ecartant la femme, Dante apparut.

« Me voici », dit-il.

Il souriait, l'air satisfait. Vidal lui trouva si mauvaise mine – la peau cireuse, le teint vert – qu'il se demanda s'il lui paraissait plus vieux par opposition avec la jeunesse de Nélida.

« Comment vas-tu? dit-il.

– Parfaitement bien. J'ai une bonne nouvelle à t'annoncer : Jimmy est revenu.

– C'est vrai?

– Rey vient de me le dire par téléphone, il y a de cela une demi-heure à peine.

– Il va bien?

– Parfaitement bien. Je me sens un vrai jeune homme. Je ne me suis même jamais senti aussi bien.

– Je te demande si Jimmy va bien. Nous allons le voir?

– Rey m'a dit de ne pas y aller sans passer d'abord par la boulangerie. Il a quelque chose de très important à me dire et il ne peut le faire que de vive voix. Avec toutes ces choses atroces qui se passent en ce moment, je n'osais pas me risquer seul dehors, mais si tu veux, allons-y ensemble.

– Allons chez Jimmy.

– Non, vieux. Rey m'a demandé instamment de passer d'abord à la boulangerie.

– L'ennui c'est que je n'ai pas beaucoup de temps et que je voudrais bien voir Jimmy, dit Vidal.

– Et moi je veux être vite rentré. La nuit, à moitié sourd et à moitié aveugle comme je suis, je me ferais tout de suite prendre. Je n'ai aucune envie de mourir, crois-le bien. Mais tu peux compter sur moi, je rentrerai au plus vite. »

36

TRÔNANT à la place d'honneur, avec une de ses filles à sa droite, une à sa gauche, et une autre en face, Leandro Rey terminait son repas et offrit à ses amis de s'asseoir à sa table. Vidal accepta un petit café; Dante ne prenait rien : le café lui donnait des insomnies et toute boisson alcoolisée de l'acidité à l'estomac.

« Ils ont relâché Jimmy? demanda Vidal.

– Oui, répondit Rey, mais attends un peu. » Il s'adressa à ses filles d'un ton autoritaire : « Nettoyez-moi ces miettes et laissez-nous. Nous avons à parler entre hommes. »

Les filles le regardèrent furibondes mais obéirent.

« Sapristi, dit Dante, quand ils furent seuls. Moi qui croyais que c'était elles qui faisaient la loi.

– Avant, je les laissais faire, répondit Rey, mais maintenant elles filent doux et il ferait beau voir le contraire.

– Dans les circonstances actuelles, insinua Dante, ne serait-ce pas plus prudent de suivre une politique, disons, plus conciliante? »

Pour toute réponse Rey poussa un long grognement. Vidal reprit :

« Alors, ils ont relâché Jimmy?

– Il est rentré chez lui ce matin.

– Allons le voir.

– Pas pour le moment. Moi, du moins, je n'irai pas.

– Pourquoi donc?

– J'ai mes raisons. Il court un vilain bruit, un très vilain bruit.

– Qu'a-t-il pu faire pour que tu ne veuilles pas le voir? Et puis, quoi? Jimmy est notre ami.

– Arévalo aussi, déclara Rey, gravement. Ou du moins il l'était.

– Qu'est-t-il arrivé?

– Il paraît que Jimmy, pour qu'on le relâche, a dit à ses détenteurs, qu'Arévalo fréquentait une mineure, et il a indiqué le lieu et l'heure où on pouvait les surprendre. Jimmy est chez lui et Arévalo à l'hôpital Fernandez. C'est comme je te le dis.

– D'où tiens-tu tout cela?

– Avant le dîner, au moment où j'allais fermer, ton voisin Faber est entré dans le magasin. Il venait de voir Bogliolo : le neveu de celui-ci lui avait raconté l'histoire dans tous ses détails.

– Et alors?

– Alors, rien. A cette heure-là il n'y a plus de pain. Je lui ai dit qu'il ne me restait que des biscottes.

– Mais qu'est-ce qui est arrivé à Arévalo?

– Il y a longtemps qu'il fréquentait cette mineure », dit Dante.

Vidal le regarda, déconcerté :

« Je suis toujours le dernier à apprendre ce genre de choses. » Puis il dit : « J'avais bien remarqué qu'il était plus soigné ces jours-ci, et même fringant. Il n'avait plus de pellicules.

– Une bande de voyous l'attendait à la sortie de l'hôtel Nil, raconta Rey. La petite s'est mise à crier à tue-tête : « Moi, j'aime les vieux! Moi, j'aime les « vieux! »

– Une provocation. Celle-là je la fusillerais, déclara Dante, avec férocité. C'est elle la responsable.

– Mais non! dit Vidal.

– Dante, ne dis pas de bêtises. Voilà enfin une jeune

fille loyale, prête à mourir pour ses convictions, et tu l'accables ?

– Moi, je lui tire mon chapeau, dit Vidal. Qu'a-t-on fait à Arévalo ?

– On l'a laissé pour mort. Je propose que nous passions par l'hôpital pour essayer de voir comment il va.

– Sale petite provocatrice, murmura Dante.

– J'ai très peu de temps, dit Vidal. Si nous partions tout de suite, qu'en pensez-vous ? »

A peine prononcée, cette phrase lui parut extrêmement déplacée. Pour lui, bien entendu, rien n'était plus important que sa passion pour Nélida, mais comment y faire allusion en une telle circonstance ? Ses amis l'auraient fécilité, lui auraient envié sa chance, mais n'auraient pas approuvé qu'il prenne Nélida trop au sérieux et qu'il la fasse passer avant un ami de toujours.

« Vous me raccompagnerez chez moi, dit Dante. Vraiment je préférerais. Je n'ai aucune envie, en ce moment, d'aller par les rues la nuit. Je parle sérieusement. »

37

DISCUTANT avec animation, Vidal et Rey franchirent la porte de la boulangerie et prirent, sur leur gauche, la rue Salguero. Dante les regarda l'air affligé, comme un enfant au bord des larmes. Il courut vers eux, saisit Rey par le bras et dit d'un ton suppliant :

« Pourquoi ne me raccompagnez-vous pas chez moi?

– Laisse-moi », répondit Rey, en libérant son bras et il ajouta d'un ton calme : « Nous allons passer prendre des nouvelles d'Arévalo.

– Parle moins fort, je t'en prie, dit Dante. Tu vas attirer l'attention.

– J'ai beau être né en Espagne, rétorqua Rey, je suis ici chez moi.

– Je ne vois pas le rapport? dit Dante.

– Comment, tu ne vois pas le rapport? Je vis à Buenos Aires depuis plus longtemps que ces voyous et je ne tolérerai pas qu'ils me marchent sur les pieds.

– C'est très bien, dit Vidal. Que tu te montres agressif avec la jeunesse, c'est très bien, mais ne crois-tu pas que tu as mal interprété un simple ragot? Je n'irais pas me disputer avec Jimmy pour des racontars de Boutefeu.

– Tu en as de bonnes! quand j'entends parler de mouchardage, je vois rouge. »

Vidal reprit, essayant de le convaincre :

« Qui te dit que tu n'es pas simplement victime d'une

nouvelle tactique des jeunes, en l'occurrence du neveu de Boutefeu, qui essaie de semer la discorde et la zizanie parmi nous ?

– C'est la guerre psychologique, nota Dante.

– Il y a peut-être du vrai dans ce que dit Dante, mais, quoi qu'il en soit, je ne pardonnerai pas à un mouchard. »

Vidal ajouta :

« Comment peux-tu imaginer que Jimmy ait pu donner un ami, pour une promesse inutile.

– Une promesse inutile ? demanda Rey.

– Ils n'ont pas besoin de libérer Jimmy pour tuer Arévalo.

– Jimmy est capable de tout. »

Dante regarda craintivement derrière lui.

« Ce qui m'inquiète, expliqua-t-il, c'est l'aspect de la ville, absolument normal, comme s'il ne se passait rien.

– Pour être rassuré, dit Vidal, il te faudrait peut-être de la bagarre ?

– Nous en avons eu hier, assura Rey. Pas loin d'ici. Devant l'hôtel de Vilaseco. Un commando du groupe « Jeunesse » a voulu prendre la maison d'assaut. Mon compatriote, secondé de son fidèle Paco, leur a tenu tête. Lorsque tout semblait perdu, les défenseurs sont passés à l'attaque et ont sauvé la place. »

38

NOS trois amis gravirent l'escalier et entrèrent dans le hall de l'hôpital Fernandez. Ils aperçurent dans la pénombre quelque chose qu'ils prirent de loin pour une statue recouverte d'un drap. Rey approcha de quelques pas pour mieux voir.

« Qu'est-ce que c'est? demanda Dante.

– Un vieux, répondit Rey.

– Un vieux?

– Oui, un vieux sur une civière.

– Qu'est-ce qu'il fait là? reprit Dante, sans s'approcher.

– Je crois qu'il est en train de crever, répondit Rey.

– Pourquoi sommes-nous venus? gémit Dante.

– Nous finirons tous dans cet hôpital ou dans un autre, expliqua Rey, d'un ton jovial. Autant s'habituer.

– Moi, je suis fatigué, protesta Dante. Vous ne vous rendez pas compte. Je me sens très vieux. La mort de Nestor, l'attaque dans le cimetière de la Chacarita, maintenant Arévalo : tout cela m'a éprouvé. J'ai peur. Je ne me sens plus le courage de lutter. »

Ils s'approchèrent d'une pièce qui communiquait avec le hall par un guichet.

« Nous voudrions prendre des nouvelles d'un monsieur qu'on a amené hier, dit Rey à un employé. M. Arévalo.

– Quand est-il entré?

– Cette ambiance ne me plaît pas », déclara Dante, à voix haute.

Vidal pensa : « Pauvre diable. Il se mettrait à pleurer si je lui disais qu'on le laisse ici. »

« On l'a amené hier soir, dit Rey.

– Dans quelle salle?

– C'est ce que nous ne savons pas, répondit Vidal. Il a été victime d'une agression. »

Pendant ce temps-là, Dante se frottait les dents et reniflait son doigt.

« Qu'est-ce qui t'arrive? demanda Vidal.

– Il se desserre, il retient la nourriture et ça pue, expliqua Dante. C'est vrai que toi aussi tu as un dentier. Tu verras.

– Vous êtes parents de l'accidenté? » demanda un petit homme chauve dont la tête ronde rappelait ces têtes de morts avec des trous à la place des yeux, du nez et de la bouche. Sur la poche supérieure de sa blouse blanche on pouvait lire son nom, brodé au fil bleu : *Dr L. Cadelago.*

« Des parents, non, répondit Vidal. Des amis. Des amis de toujours.

– Peu importe, répondit aussitôt le médecin. Venez, montons. »

Rey prit la parole :

« Dites-moi, docteur, comment va-t-il? »

Le médecin s'arrêta. Il parut absorbé dans ses pensées, puis sembla embarrassé par cette question. Dante demanda avec une anxiété mal contenue :

« Il n'est rien arrivé de grave? »

Le visage du médecin s'assombrit.

« Rien de grave? Je ne comprends pas, que voulez-vous dire par là?

– Notre ami Arévalo n'est pas... mort? » balbutia Dante.

Le médecin déclara, l'air profondément triste :

« Non, monsieur.

– Son état est critique? » demanda Vidal dans un murmure.

Le médecin sourit. Nos amis guettèrent la bonne nouvelle qui allait les réconforter.

« En effet, affirma le médecin. Il est très faible.

– Quel malheur! » dit Vidal.

Le docteur Cadelago s'assombrit de nouveau et dit :

« On dispose aujourd'hui de moyens permettant de faire face à de telles situations.

– Mais vous croyez, docteur, qu'il s'en tirera? » demanda Vidal.

Le médecin expliqua :

« Quant à cela, aucun médecin conscient de ses responsabilités ne saurait vous l'affirmer... » Il ajouta d'un ton funèbre : « On a les moyens de contrôler la situation. Ces moyens existent, c'est certain. »

Vidal se rappela soudain qu'il avait déjà rencontré le docteur Cadelago, ou quelqu'un d'autre qui ne souriait que quand il était triste, ou peut-être était-ce en rêve qu'il avait fait une telle rencontre.

Emboîtant le pas du médecin, qui semblait accablé, ils se dirigèrent vers l'ascenseur.

« Il n'y a pas moyen de se comprendre avec ce type, dit tout bas Vidal à Rey.

– Comment veux-tu que ce soit possible, nous ignorons tout de la médecine? Rends-toi compte que nous vivons dans un autre monde.

– C'est heureux! » dit Vidal qui pensa : « On vit tranquillement, et même en pleine guerre on suppose que les malheurs ne peuvent arriver qu'aux autres; mais il suffit qu'un ami meure (ou qu'on nous annonce qu'il va peut-être mourir) pour que tout devienne irréel. » L'aspect des choses avait changé, comme au théâtre, quand le machiniste fait tourner un disque de couleur devant les projecteurs. Le docteur Cadelago lui-même, avec cette contradiction perpétuelle entre l'expression de son visage et ses paroles, avec sa tête de citrouille creuse dans laquelle on introduit une bougie allumée pour faire peur la nuit aux enfants, lui semblait fantasmagorique. Vidal eut l'impression d'entrer dans un monde de cauchemar, ou plutôt de vivre un cauchemar. « Nélida existe », se dit-il et, aussitôt, il se sentit mieux. Puis il songea : « Mais qui sait si elle existe encore pour moi. »

Dante, fourrageant toujours dans sa bouche, protestait :

« Et alors, jusqu'à quand allons-nous rester ici? Je n'aime pas me trouver là. Pourquoi ne nous en allons-nous pas, à la fin! »

Vidal pensa : « C'est vrai qu'il est vieux. » Le processus du vieillissement s'était accéléré chez lui et il ne devait plus rester grand-chose de leur ami d'autrefois; il s'était transformé ces temps-ci en un autre personnage, un personnage bien ingrat, qu'on ne fréquentait plus que par fidélité au passé.

Quand ils pénétrèrent dans l'ascenseur, le médecin demanda :

« Vous avez tous plus de soixante ans?

– Pas moi », répondit vivement Vidal.

Ils s'arrêtèrent au cinquième étage. « Quant à ne pas être à l'aise ici, pensa-t-il, je suis d'accord avec Dante. Quand on songe à la liberté qu'on vient d'abandonner au-dehors, on s'attriste comme si on l'avait perdue pour toujours. »

39

« VOICI la salle », annonça le docteur.

De chaque côté d'un couloir s'ouvraient de petits boxes à deux ou à quatre lits, délimités par des cloisons blanches. Dès qu'ils entrèrent, Arévalo leva un bras. Vidal pensa : « Bon signe », et il remarqua alors les grosses balafres sombres qui marquaient le visage de son ami. Le second lit était inoccupé.

« Qu'est-ce qui t'est arrivé? demanda Rey.

– Je vais faire ma tournée, dit le médecin. Ne me l'énervez surtout pas. Bavardez, mais ne me l'énervez pas.

– J'ai eu des ennuis, mon vieux Rey. Ils m'ont rossé », expliqua Arévalo.

Deux blessures lui sillonnaient la face. L'une, plus profonde, qui formait un creux sous la pommette, et l'autre, violacée, sur le front.

« Comment te sens-tu? demanda Vidal.

– Un peu endolori. Non seulement à la figure, mais aussi dans les reins. J'ai été piétiné par terre. Le médecin dit que j'ai fait une hémorragie interne. Il m'a donné ces comprimés. »

Le flacon était sur la table de nuit, près d'un verre d'eau et d'une pendulette. Vidal trouva que le mouvement de la pendulette marchait à une allure étrangement rapide; il se souvint de Nélida; il fit une sorte de rapprochement entre ce tic-tac pressé et la jeune fille dont il regrettait l'absence. Il s'attrista soudain.

« Pourquoi t'a-t-on fait cela? demanda Rey.

– Je crois que c'était un coup monté. Ils m'attendaient. Ils ont d'abord hésité, puis ils se sont jetés sur moi.

– Comme des chiens », dit Vidal.

Arévalo sourit.

« Sans les provocations de la fille, peut-être qu'ils ne te rossaient pas, dit Dante. C'est bien connu : la femme provoque toujours. C'est l'éternelle coupable. L'éternel élément de discorde.

– N'exagérons rien, dit Arévalo.

– Dante me rappelle ces vieux qui prennent les femmes en grippe, dit Vidal. Plus la femme est jeune, plus ils lui en veulent.

– Pour ma part, ce n'est pas la femme en tant que femme que je mets au banc des accusés, déclara Rey, mais la jeunesse.

– La jeunesse a ses qualités, répliqua Arévalo. Elle est désintéressée. Pourquoi? Par manque d'expérience, peut-être, ou parce qu'elle n'a pas encore eu le temps de prendre goût à l'argent. »

Vidal fit remarquer :

« Peut-être les jeunes s'y intéressent-ils peu dans la mesure où c'est une des nombreuses choses qu'ils espèrent avoir plus tard.

– C'est le contraire pour les vieux, dit Arévalo, et l'argent devient leur unique passion.

– Unique? demanda Vidal. Et que fais-tu de la gourmandise, des manies, de l'égoïsme? Tu as remarqué comme ils soignent le peu de vie qu'il leur reste à vivre? La crainte stupide qu'ils manifestent quand il s'agit de traverser une rue?

– Je ne condamne pas la jeunesse en bloc, assura Rey. Si vous me présentiez une petite, ma foi, je ne ferais pas le difficile, mais si de jeunes morveux m'attaquent, gare à eux : je foncerai sur eux à bras raccourcis.

– Si tu peux le faire, c'est parfait, dit Arévalo. Mais j'ai seulement pu protéger ma tête, et je m'en suis tiré à meilleur compte que mon voisin de lit.

– Le lit est vide, fit observer Dante.

– Il n'a pas arrêté de parler dans son délire, mais je crois qu'il n'a pas repris connaissance, expliqua Arévalo. Il s'est mis à raconter ses rêves. Il rêvait qu'il était jeune et qu'il était avec des amis, au *Pedigree*, au coin des rues Santa Fe et Serrano, à discuter de couplets de tango. Il a même parlé d'un certain Tronget, grand amateur de thèmes bucoliques...

– Tu l'as écouté bien attentivement, constata Dante.

– C'était peut-être un parolier? dit Vidal.

– C'est ce que j'ai cru comprendre, dit Arévalo. Je ne sais combien de fois il a parlé du tango *Le Chatouilleux*. Ç'avait dû être un de ses grands triomphes. Le pauvre, il répétait vingt fois la même chose.

– *Le Chatouilleux?* Qui se souvient aujourd'hui de cette vieille rengaine? » demanda Dante.

Arévalo reprit :

« Il évoquait avec nostalgie les conversations de sa jeunesse. Il passait des nuits entières à discuter avec ses amis de la façon de composer des paroles de tango ou de l'intrigue de la dernière comédie d'Ivo Pelay. Il disait qu'aujourd'hui on ne parle que de réalités de la vie, et avant tout du prix des choses. Il m'a semblé qu'il était alors lucide, mais ensuite il s'est remis à divaguer. Quand il a commencé à respirer d'une façon bizarre, on l'a emporté.

– Où? demanda Dante.

– Mourir tout seul, répondit Rey.

– On les emmène pour mourir, expliqua Arévalo, afin de ne pas affecter le moral du malheureux qui est dans le lit à côté.

– Le café où ils se réunissaient ressemblait peut-être au nôtre, place Las Heras, dit Vidal, comme se parlant à lui-même.

– Tu ne vas pas les comparer, vieux, dit Arévalo. L'ambiance n'était certainement pas la même. »

Vidal demanda :

« Quand reprendrons-nous nos petites parties?

– Bientôt, assura Arévalo. Le médecin me l'a dit. Nous assistons aux derniers soubresauts d'un mouvement qui s'achève.

– A moins qu'il ne nous achève d'abord? hasarda Vidal.

– Tout est possible. Apparemment, nous sommes fichés. En ce qui me concerne du moins, je crois que c'était un coup monté. Ils m'attendaient. Ils ont d'abord hésité, puis ils se sont jetés sur moi.

– Il se répète, ou je n'entends pas bien..., observa Dante.

– Dis-moi, Arévalo, interrompit Vidal, ton voisin, qu'est-ce qui lui est donc arrivé?

– Comme vous, il était venu voir un ami et, en rentrant chez lui, il a été attrapé en face d'une maison de pompes funèbres.

– Je veux m'en aller, pleurnicha Dante. Rey, je t'en prie, viens avec moi. Raccompagne-moi. Je suis très vieux, je vous le répète, et je meurs de peur à l'idée d'être attaqué. »

De pâle qu'il était, son visage était devenu terreux. Vidal pensa : « Pourvu que tu ne meures pas ici même. »

« Les employés des pompes funèbres essayaient de le faire entrer dans leur magasin, continua Arévalo, quand un agent est arrivé et l'a amené ici.

– Il eût été plus pratique de le laisser là-bas, dit Rey.

– Tu as dit qu'on l'a emporté pour qu'il meure tout seul, mais où? demanda Dante.

– Je n'en sais rien. Un infirmier m'a dit qu'on les met n'importe où. Mais cet infirmier est assez jeune, il me prend peut-être pour un vieux et il me brosse des tableaux macabres pour essayer de me faire peur. Il m'a dit qu'on les mettait n'importe où, jusque dans le hall du rez-de-chaussée.

– Pauvre type! dit Vidal. S'il vit encore, à quoi peut-il bien rêver? »

Dante dit en gémissant :

« C'est celui que nous avons vu! Rey, je veux m'en aller.

– Moi aussi, je m'en vais, annonça Rey. Je me lève de bonne heure pour surveiller le travail de mes commis et, quand je ne dors pas mes huit heures, je ne suis bon à rien.

– Tu me laisses chez moi en passant? » demanda Dante, d'un ton suppliant.

Vidal pensa : « Je reste là, alors que Nélida m'attend. Ces deux vieux, personne ne les attend, mais ils ne peuvent pas rester une minute de plus avec un ami malade. L'un est dominé par son égoïsme et l'autre par la peur. Il n'y a rien de pire que la vieillesse. » Puis il se dit aussitôt : « Le fait que je reste auprès d'Arévalo, que je ne sois pas encore retourné rue Guatemala est peut-être la preuve que je deviens vieux moi aussi. Néanmoins, je sais que je m'attarde pour donner à Nélida le temps de rentrer, pour ne pas rentrer avant elle. Retourner là-bas et que Nélida n'y soit pas, ce serait atroce. »

Le médecin réapparut et dit :

« Ne partez pas encore, messieurs, s'il vous plaît. Je vous retiens encore quelques instants. Du moins, le plus jeune d'entre vous. Pour une petite prise de sang. Au cas où il serait nécessaire de faire une transfusion à monsieur. Ce n'est rien, une piqûre d'aiguille, sans plus. »

Le médecin alluma une lampe, se mit à ausculter Arévalo. Celui-ci, par-dessus le crâne chauve qu'il avait sous le nez, dit à Dante :

« On voit de nouveau tes cheveux blancs. Il faudra que tu te repasses de la teinture. »

Le médecin se gratta nerveusement la tête.

« Quand vous parlez, expliqua-t-il, vous me faites des chatouilles. »

Dante protesta :

« Je n'ai rien compris de ce que tu m'as dit. Quand tu parles en avalant tes mots, je n'entends rien.

– J'ai de l'asthme, dit Arévalo pour s'excuser. Je te disais qu'on voit de nouveau tes cheveux blancs.

– Que voulez-vous? soupira Dante. Soi-même, on ne s'en aperçoit pas. Qui va me les teindre? L'autre fois, c'est le pauvre Nestor qui l'a fait. Tout seul, j'en suis incapable. Il faut qu'on m'aide. C'est plus important que vous ne le pensez.

– Tu ne trompes personne, dit Arévalo. Je crois qu'il faut être un peu fataliste.

– C'est facile à dire, répliqua Dante, quand on est à l'abri d'un édifice comme celui-ci, qui est une véritable forteresse. Moi, par contre, je dois rentrer chez moi, en pleine nuit, et traverser des rues noires comme la gueule du loup.

– Personne ne te met dehors », assura Vidal.

Le médecin dit :

« Je reviens tout de suite, messieurs. Attendez-moi, s'il vous plaît.

– Partons avant qu'il ne revienne, supplia Dante. Pour Isidro, c'est déjà cuit. On l'a attrapé sous le prétexte de la transfusion. Nous, on ne sert à rien. On ne va pas rester là à lui tenir la main. Si nous restons, tu verras que le docteur inventera quelque chose pour nous retenir. Profitons de ce qu'il n'est pas là pour nous sauver. Moi, cela ne me dit rien d'être ici.

– Tu n'es pas le seul à être de cet avis, dit Arévalo.

– Je ne crains pas qu'il nous retienne, dit Rey, mais demain je me lève tôt et notre présence ici est absolument inutile. Isidro, lui, bien entendu, doit rester.

– Bien entendu, répondit Vidal. Et vous autres, je vous conseille de partir. Nous n'avons pas besoin de vous. »

Rey ouvrit la bouche, mais ne dit rien. Dante, comme

un enfant têtu, le tirait par la manche et le poussait vers la sortie.

« Ils sont partis? demanda Arévalo.

– Ils sont partis.

– Tu es fâché?

– Ils m'ont un peu indigné, tous les deux.

– Ne te fâche pas. Souviens-toi de ce que répète tout le temps Jimmy : en vieillissant, les muscles se relâchent. Dante s'abandonne à sa peur, comme un autre ferait pipi.

– Dante n'est plus responsable, mais Rey? Ce mastodonte...

– Il y a un moment déjà qu'il ne se contient plus. Tu ne le revois pas, au café, tremblant de gourmandise, tendant sa main avide vers les olives? Comme beaucoup de vieux, il a perdu toute pudeur.

– Toute pudeur? Tu as raison. Un jour, chez Vilaseco...

– Il est devenu d'un égoïsme sénile. Il ne s'en cache même plus. Il ne s'intéresse qu'à sa personne, un point c'est tout. »

40

« ALORS, je vous la fais cette prise de sang? » demanda Cadelago.

Tandis qu'il le suivait dans le couloir, Vidal dit au docteur :

« Arévalo me racontait, docteur, que d'après vous cette guerre touchait à sa fin.

– Croyez-moi, répondit le médecin, en secouant tristement la tête : notre service de psychiatrie ne suffit plus à accueillir tous les jeunes qui viennent se faire soigner. Ils présentent tous le même cas : ils ont la phobie des vieux. C'est chez eux une véritable répulsion.

– Que les vieux les dégoûtent, cela me semble normal.

– C'est plus fort qu'eux, monsieur. Il y a un fait nouveau, irréfutable : les jeunes s'identifient aux vieux. Ils ont douloureusement compris, dans leur for intérieur, à la lumière de ce conflit, que tout vieillard préfigure l'avenir d'un jeune homme. Leur propre avenir, peut-être! Autre fait curieux : le jeune crée invariablement le même phantasme : tuer un vieux c'est en quelque sorte comme s'il se suicidait.

– Ne pensez-vous pas plutôt que l'état de misère et de décrépitude de la victime rende ce crime pénible à commettre? »

Il pensa « Pourquoi est-ce que je discute ainsi? Pourquoi est-ce que je discute avec cet idiot? La seule chose qui m'intéresse, c'est la fille qui m'attend. »

« Tout enfant normal, expliqua le docteur, avec une expression joyeuse, à un moment donné de son développement, s'amuse à éventrer des chats. Moi aussi je l'ai fait! Ensuite, nous effaçons ces jeux de notre mémoire, nous les éliminons, nous les exécrons. La guerre actuelle passera sans laisser de souvenirs. »

Ils arrivèrent dans une petite pièce. Vidal se dit : « Pour ne pas contrarier ce pantin, je vais obliger Nélida à m'attendre anxieusement? » Il se calomniait. Il n'était pas là par crainte de contrarier personne, mais parce qu'il avait la possibilité de rendre service à son ami Arévalo. A vrai dire, n'était-il pas venu plutôt sur l'insistance de Rey, et ne donnait-il pas maintenant son sang parce que le médecin le lui avait demandé? On pouvait trouver à tout une infinité d'explications, comme le démontrait la doctoresse d'Isidorito.

« Après, docteur, je pourrai m'en aller?

– Je n'y verrai pas le moindre inconvénient. Cela ne va pas être long. Vous allez vous étendre quelques minutes, bien calmement, sur ce divan. Rien ne nous presse.

– C'est qu'on m'attend, docteur.

– Félicitations. Tout le monde ne peut pas en dire autant.

– Quelques minutes, docteur? mais combien?

– La femme et l'enfant sont incapables de patienter, mais nous autres hommes savons attendre. Même s'il n'y a absolument rien au bout de notre attente, nous attendons. »

« Flûte », se dit Vidal.

« Parfait, assura le docteur. Une simple piqûre. Voyons, ne bougeons plus ce bras. Vous allez me prendre un bon café au lait, un jus de fruit et vous vous sentirez aussi frais qu'avant. Il faut rétablir la quantité des liquides. »

Vidal pensa : « Nélida doit sans doute être rue Guatemala. Et si pourtant elle n'était pas encore rentrée? »

Il rejeta cette éventualité qui lui était insupportable.

« C'est fini? demanda-t-il.

– Maintenant, fermez les yeux et reposez-vous jusqu'à ce que je revienne », répondit Cadelago.

Pourquoi n'envoyait-il pas au diable cet individu et ne partait-il pas sur-le-champ? Il était fatigué, un peu abattu et incapable d'éviter ces contretemps qui se présentaient l'un après l'autre comme si chacun était le dernier et ne devait lui prendre qu'un instant. Sa visite à l'hôpital s'était ainsi prolongée, était devenue un cauchemar, avec ses rebondissements interminables et ses raffinements d'angoisse. Ce qui est certain, c'est qu'il finit par s'endormir et par rêver, car il crut voir un groupe de jeunes gens – il reconnut parmi eux ceux qui avaient tué le vendeur de journaux – qui constituaient, sur une estrade, un tribunal visiblement menaçant, d'où ils l'interpellaient.

« Qu'est-ce qui se passe? demanda-t-il.

– Rien, répondit le docteur Cadelago d'un air affligé. Je vous rends votre liberté. »

Il retourna dans la salle, pour dire au revoir à Arévalo.

41

Il avait pensé qu'une fois dehors il éprouverait une grande joie à se diriger vers la rue Guatemala. Dans son impatience, il avait confondu ce moment avec un autre, plus éloigné dans le temps et beaucoup plus attendu : celui où il retrouverait Nélida. Il avait à peine franchi le portail de l'hôpital qu'il comprit qu'une telle rencontre, quoique possible, n'était pas certaine et il constata que cette hypothèse l'attristait. Pour s'épargner peut-être une déception, il s'attristait d'avance. Rue Salguero, il tourna pour prendre la rue Las Heras. Pourquoi lier le sort de Nélida à celui d'un type comme lui, un vieux, au seuil de la mort? Ils n'avaient l'un et l'autre rien à y gagner : pour elle, c'était aller au-devant d'une déception, qu'il pouvait bien prévoir mais non pas éviter... Rey et Dante lui avaient fait prendre la vieillesse en horreur. Son affection pour ses amis lui sembla n'être plus la même. « Tout change avec le temps. Et plus que tout, les personnes. » Il se rappelait une scène violente, mais qui tendait à s'effacer dans sa mémoire, où un procureur, ivre de colère, l'accusait du haut d'un tribunal, d'être un vieux. Ce souvenir qui venait du rêve très court qu'il avait fait après sa prise de sang, l'attristait maintenant. Il ne se sentait pas frais comme avant, mais plutôt faible, et il se disait qu'il ne trouverait pas un remède à sa tristesse dans le jus de fruit que lui avait conseillé le docteur. La vieillesse était une peine sans rémission, qui rendait impossible tout désir et toute ambition. Pourquoi s'illusionner en faisant des projets dont, à supposer qu'ils se réalisent, on ne serait pas en état de profiter ou dont on ne profiterait qu'à moitié? Pourquoi poursuivrait-il son chemin vers la rue Guatemala? Mieux valait qu'il retournât chez lui. Oui, mais le pire, c'est que Nélida irait le chercher et lui demanderait des explications. Les gens jeunes ne comprennent pas à quel point le manque d'avenir empêche le vieillard de s'intéresser aux choses importantes de la vie. « La maladie n'est pas le malade, pensa-t-il, mais le vieux est la vieillesse, à laquelle il n'est d'autre issue que la mort. » Contre toute attente, cette constatation pessimiste lui redonna du courage. Il pressa le pas, pour arriver plus vite chez Nélida, pour arriver avant que cette conviction, comme le souvenir de son rêve, ne se dissipât; il l'aimait assez, justement, pour la persuader que son amour pour un vieux comme lui était inconcevable.

Il entendit une explosion, peut-être une bombe qui avait éclaté Dieu sait où, non loin de là. Puis, il en entendit deux autres. Du côté du Retiro, le ciel à ras de terre s'embrasait rapidement.

42

Il alluma, regarda autour de lui, jeta un coup d'œil dans la chambre à coucher, parcourut rapidement le reste de l'appartement. Elle lui faisait sans doute une farce; Nélida allait profiter d'un moment d'inattention de sa part pour sortir d'un coin et lui sauter au cou. Il se rendit cependant très vite compte qu'il lui faudrait peut-être se résigner à envisager comme de plus en plus probable le fait que Nélida n'était pas rentrée. La situation, se dit-il, n'était pas tellement dramatique; il était sûr qu'un jour, peut-être assez prochain, il oublierait jusqu'au souvenir de son angoisse (si la chose tournait bien avec Nélida); mais pour le moment, et pour des raisons qu'il ne cherchait pas à s'expliquer, elle lui était insupportable. Il déclara tout haut : « Je ne vais pas abandonner Nélida à cet artiste de cabaret. »

Il sortit de l'appartement, enfila la rue Guatemala en direction du Nord, décidé à chercher Nélida, à la reprendre. Son abattement de tout à l'heure l'avait quitté, il ne se sentait plus fatigué, ni vieux, ni vaincu.

Ayant aperçu un taxi, il leva la main et l'agita énergiquement pour l'arrêter. Il monta et ordonna :

« Conduisez-moi rue Thames. Je vais dans un endroit qui s'appelle le *Salon Maguenta*. Vous connaissez? »

Le taxi démarra vivement et prit une allure assez rapide; Vidal tomba à la renverse au fond du siège arrière et le chauffeur dit :

« Oui, monsieur, c'est un dancing. Vous avez raison, il faut se distraire un peu, maintenant que la guerre tire à sa fin.

– Vous croyez? » demanda Vidal et il réfléchit : « Comment n'ai-je pas fait attention? C'est un jeune. » Il s'imagina soudain lâché au cimetière de San Pedrito, se relevant de la chaussée tout contusionné par sa chute du taxi, et c'est presque à voix haute qu'il gémit : « Si je dois repartir de là-bas, il va m'en falloir du temps! » Il répondit d'un air détaché : « Il y a un moment qu'elle tire à sa fin », et irrité de ses propres paroles, il continua : « J'ai perdu un ami. Un ami de toujours. Un être exceptionnel. J'aimerais qu'on m'explique ce que le monde et ses assassins ont gagné avec cette mort. »

Quand il vit qu'ils étaient rue Güemes, et qu'ils roulaient vers la gare du Pacifique, il se dit qu'il n'avait rien à craindre.

« Je comprends vos sentiments, monsieur, répondit le chauffeur, mais, si je puis me permettre, il me semble que vous ne voyez pas les choses comme elles sont.

– Qu'est-ce qui vous fait dire cela?

– Parce que si on mettait dans un plateau de la balance les bons résultats et dans l'autre les destructions et les souffrances, c'est-à-dire les mauvais côtés, il n'y aurait jamais de guerres, ni de révolutions.

– Mais comme nous sommes de fer, peu importe la souffrance », répliqua Vidal et il pensa :

« Ce doit être un de ces étudiants qui travaillent pour payer leurs études. »

« Je dis plus : je ne crois pas aux bons résultats de cette guerre.

– Et vous avez raison.

– Mais alors?

– Ne la jugez pas sur ses résultats. C'est un mouvement de révolte.

– Mais, je vous le demande, qu'avait fait mon ami Nestor?

– Rien, monsieur. je suis d'accord avec vous pour trouver que les choses ne vont pas comme elles devraient. Cherchez les responsables.

– Qu'est-ce que les vieux ont à voir là-dedans?

– Les vieux représentent le passé. Les jeunes ne peuvent pas tuer les personnages célèbres, les grands hommes de l'histoire, pour la bonne raison qu'ils sont déjà morts. »

Dans la façon dont il souligna le mot *mort,* Vidal sentit qu'il y mettait de l'hostilité. Il pensa : « Je ne vais pas m'élever contre cette opinion parce qu'elle vient d'un ennemi. » Il s'irrita contre lui-même : au lieu de concentrer sa volonté et son énergie dans sa recherche, voilà qu'il était de nouveau en train de s'intéresser à un bavardage oiseux. S'il ne retrouvait pas Nélida – il s'en rendait maintenant parfaitement compte – sa vie était finie.

43

Le *Salon Maguenta* – spacieux, de style plus ou moins oriental mais d'une couleur résolument ocre – était presque vide ce mardi soir. Des amplificateurs jaunes, attachés avec des fils de fer, diffusaient une musique par moment douce, par moment trépidante et dont les thèmes se répétaient en variations obstinées. Un seul couple dansait sur l'immense piste; le reste de l'assistance, était composé de trois ou quatre personnes disséminées parmi les petites tables. Vidal savait, en arrivant au bar, que Nélida n'était pas dans la salle. Le barman parlait avec un gros homme, qui était sans doute un employé de la maison, peut-être même le patron. Ils continuèrent leur conversation, sans remarquer l'arrivée de Vidal ni la quête de son regard. « Il y a des gens comme cela, qui ont des réactions lentes, qui ne voient que ce qu'ils ont sous le nez, comme s'ils portaient des œillères », pensa Vidal et il eut un mouvement de colère, mais il se rappela qu'il ne pouvait s'offrir de tels luxes : pour retrouver Nélida il aurait besoin de la bonne volonté de tous. Et, dans l'immédiat, de ces deux-là qui continuaient à parler, impertubablement.

« Avec l'ensemble *La Tradition,* tu as pu arranger quelque chose?

– Oui, au prix que je t'ai dit.

– Et ils n'ont pas rouspété?

– Ces freluquets, rouspéter? Ils devraient nous payer pour qu'on les laisse jouer ici. Tu te rends compte de ce que cela représente comme promotion pour eux?

– Mais pendant ce temps-là, mon vieux, de quoi vont-ils vivre?

– Nous aussi il faut que nous vivions, et c'est pourquoi nous sommes ici, à suer avec les plateaux et les clients, tandis qu'eux, en fin de compte, c'est par plaisir qu'ils jouent de la guitare. »

Il y eut un silence que Vidal mit à profit pour demander :

« Messieurs, y a-t-il ici un trio qui s'appelle *Les Porteñitos?*

– Oui, le samedi, le dimanche et les jours fériés.

– Pas aujourd'hui?

– Pas aujourd'hui. Pour ces quelques naufragés, expliqua le barman en montrant la salle d'un geste vague – vous ne voudriez pas que nous montions un orchestre? »

Le gros, déjà prêt à oublier Vidal, reprit :

« A ces *Porteñitos* aussi, il faudrait leur serrer la vis. Ces artistes, ou prétendus tels, ne doivent pas gagner trop d'argent, dans leur propre intérêt. Cela les pourrit.

– Vous ne connaîtriez pas, demanda Vidal, une fille appelée Nélida?

– Elle est comment?

– De taille moyenne et les cheveux châtains.

– Comme toutes, dit le barman.

– Elle s'appelle Nélida, insista Vidal.

– Je connais une Nelly, mais elle est blonde, dit le gros. Elle travaille dans une boulangerie. »

Le barman protesta :

« Comment voulez-vous, mon bon monsieur, que je me souvienne de toutes les femmes qui passent ici? Je deviendrais dingue! Croyez-moi, elles se ressemblent toutes : la plupart du temps des brunes aux yeux noirs. Des filles de l'intérieur. C'est toute la province qui défile à Buenos Aires. »

S'il n'insistait pas, il ne la retrouverait jamais. Il demanda d'un air faussement détaché :

« Essayez de vous rappeler, messieurs. Je suis sûr que vous la connaissez.

– Je ne vois pas qui c'est. »

Il insista une fois encore, en disant rapidement, comme si les mots lui brûlaient les lèvres :

« C'était la fiancée d'un certain Martin, du trio *Les Porteñitos*.

– Martin..., répéta lentement le gros. C'est à lui qu'il faudra que tu parles. »

Le barman assura :

« Soyez tranquille : je le ferai dès samedi.

– Où se trouve *Le Petit Carrefour*? » demanda Vidal.

Ils ne l'écoutaient pas.

« C'est là tout près, finit par dire le gros. Juste au coin. »

44

Le *Petit Carrefour* était un local de couleur claire, aux parois peintes en blanc. Vidal jeta un coup d'œil, de la porte : il n'y avait qu'un seul client, un homme très maigre, qui soufflait sur une tasse qu'il tenait entre ses mains. « Inutile de rien demander ici », se dit Vidal qui repartit rue Guëmes.

On descendait à *FOB* par un escalier en colimaçon extrêmement étroit. Cela ressemblait à une cave à charbon : une salle minuscule et surtout des plus obscures. Si Nélida était là, elle aurait le temps de s'en aller avant que ses yeux à lui ne se soient faits à la pénombre. Mais pourquoi attribuait-il à Nélida des intentions contraires aux siennes? La jeune fille l'avait toujours traité avec bienveillance. Mais sans doute parce qu'il était un peu découragé il craignait que l'amour ne fût un sentiment essentiellement instable, qui pouvait jouer contre un imbécile comme lui, incapable de dominer ses nerfs, de rester à la maison à attendre, comme c'était convenu... En tout cas, mieux valait ne pas bouger jusqu'à ce qu'il se fût habitué à l'obscurité. Il resta donc immobile, s'appuyant de la main gauche à la rampe de l'escalier; il essayait de distinguer les visages des gens présents et se disait : « Pourvu que je n'attire pas l'attention, qu'on ne vienne pas me proposer une table. » Il était incontestablement mal à son aise quand une main se posa sur la sienne : son cœur se mit à battre violemment. De l'autre côté de la rampe, presque invisible dans l'ombre, une femme le regardait. Il pensa : « Mes yeux y voient à peine, ce peut être n'importe qui. Mais il est probable que c'est Nélida. Pourvu que soit Nélida. » C'était Tuna.

« Qu'est-ce que tu fais là? dit-elle. Tu viens t'asseoir avec moi? »

Il la suivit. Il voyait tout maintenant, comme si l'obscurité se fût dissipée.

« Qu'est-ce que vous prenez? demanda le garçon.

– Cela t'ennuie? demanda Tuna. Si on ne prend rien on va les entendre ronchonner. Nous partirons tout de suite après.

– Commande ce que tu veux. »

Il était sûr que Nélida n'était pas là. Il se demanda s'il dirait ou non la vérité et, sans savoir encore quel parti prendre, il expliqua :

« Je cherche une amie qui s'appelle Nélida.

– Tu plaisantes.

– Mais pourquoi?

– D'abord parce que ça ne se fait pas, et puis...

– Je ne comprends pas.

– Comment, tu ne comprends pas? Un moment d'emportement, et tu t'en repens toute ta vie.

– Je ne suis pas fou, que je sache.

– D'accord. Mais un homme ne se met pas dans des situations aussi compromettantes. Tu arrives, crois-tu, avec les meilleures intentions, mais le hasard veut que tu la trouves dans les bras d'un autre et tu perds la tête. Cela peut arriver.

– Je ne crois pas.

– Tu ne crois pas, tu ne crois pas! Pourquoi? Parce que c'est une sainte? Si tu la demandes personne n'aura la bêtise de te dire qu'on la vue, même si elle vient juste de partir.

– Mais quand on cherche quelqu'un parce qu'on l'aime?

– Comme celui qui gribouillait *Angélique, je te cherche toujours* sur les murs de l'hôtel de Vilaseco? Ecoute, les gens se méfient, évitent les complications et tout le monde est pour celui qui file en douce.

– Il faut absolument que je parle à une jeune fille qui s'appelle Nélida, ou sinon à un dénommé Martin.

– Laisse-les s'amuser ensemble et viens donc dans le petit hôtel d'à côté. Tu y trouveras toutes les commodités. Même de la musique fonctionnelle.

– Je ne peux pas, Tuna.

– C'est risqué, à l'heure actuelle, d'offenser une jeune femme.

– Je ne cherche pas à t'offenser. »

Tuna sourit. Il lui tapota gentiment le bras, paya et s'en fut.

45

Il pensa qu'il devait rentrer au plus vite rue Guatemala. Il ajouta pour fortifier sa décision : « Peut-être qu'elle m'attend. » Et puis il imagina les pièces vides et décida qu'il passerait d'abord par l'immeuble de la rue Paunero, pour demander à Antonia si elle avait des nouvelles de Nélida. Il n'avait vécu que quelques heures avec elle mais il s'était habitué à ce bonheur-là. La rue Güemes, qu'il reprenait en sens inverse, lui paraissait maintenant interminable; le trottoir sous ses pieds était trop dur et les façades des maisons avec leurs corniches et leur décoration le plongeaient dans une profonde tristesse. Penser à Nélida était un merveilleux remède contre le découragement, mais c'était aussi raviver sa crainte de la perdre. Pour couper court à cette dernière pensée, il se rappela Tuna et comprit brusquement la conduite de Rey quand celui-ci l'avait amené, en l'abusant, à la maison de passe; les jeunes gens et les vieillards se vantent de leurs conquêtes (les premiers d'en faire *déjà,* les seconds d'en faire *encore*). Si Rey, bien sûr, l'avait impliqué dans sa pantomime avec Tuna, c'était pour qu'il ne pût s'en moquer par la suite. Une des rares choses que lui avait apprises la vie était qu'on ne doit jamais rompre avec une vieille amitié parce qu'on a surpris une faiblesse ou un défaut chez son ami. La vie commune dans son immeuble lui avait fait découvrir que toute personne peut être d'une faiblesse navrante dans l'intimité, sans pour cela manquer de courage dans sa façon d'affronter la vie et la mort. Il pensa également que le destin était à la fois impartial et injuste et qu'il n'avait pas à éprouver de l'orgueil, mais de la gratitude, si le sort lui avait offert Nélida et non pas Tuna.

Pour ne pas perdre de temps, il ne passerait même pas par sa chambre. Si Isidorito le voyait, il le retiendrait par ses questions – où il avait été? pourquoi il ne restait pas? – et ils finiraient probablement par se disputer. « Quel fils ne s'irrite pas de voir son propre père amoureux, courant comme un enfant derrière une femme? Nélida, bien sûr, est exceptionnelle. Le pauvre garçon est peut-être inquiet et se dit que j'ai eu un accident. Mais n'a-t-il pas déjà été gagné par ce nouveau dégoût des vieux? L'autre soir, quand il m'a caché dans le grenier, il avait sans doute l'intention de me protéger mais il m'a traité avec un manque d'égard que je ne puis tolérer. »

Il arriva sans bruit à l'immeuble, craignant que quelqu'un de connaissance ne l'entende. Il ouvrit la porte avec précaution et entra. Peut-être parce qu'il était entré comme un voleur, ou parce qu'il avait vécu un jour entier chez Nélida, ou parce que lui-même avait changé, il crut noter un changement dans l'aspect de la cour. Elle lui sembla triste, comme un instant auparavant les façades des maisons. Toutes les maisons lui en rappelaient d'autres, vues il ne savait où, chargées d'une ornementation lourde et affligeante; auparavant il avait dû les voir en rêve.

Il traversa la première cour, frappa à une porte, attendit. Il perçut soudain une voix étouffée qui répétait à l'intérieur : « Ici c'est moi qui commande, moi qui commande, moi qui commande. » Dans son trouble, il avait par erreur frappé à la porte de Mme Dalmacia. Il frappa alors à celle d'Antonia. Il réfléchit rapidement : « Si elle n'a pas vu Nélida, elle va croire que nous sommes fâchés, même si je l'assure du contraire. Si elle l'a vue, elle va me donner de mauvaises nouvelles. » Il ne se sentait pas le courage d'apprendre de mauvaises nouvelles concernant Nélida.

« Ah! c'est toi. Excuse-moi de me présenter ainsi, dit Antonia en tirant sur sa robe. Je venais de me mettre au lit. Quelle chance que tu sois revenu. Tu l'as vue? »

Vidal interpréta comme un signe favorable le fait qu'Antonia le tutoyât. Il se dit : « Elle me tutoie, parce qu'elle tutoie Nélida et que maintenant je fais un peu partie de Nélida. »

« Non, je ne l'ai pas vue.

– Qu'est-ce que tu me dis là? A l'heure qu'il est la pauvre fille doit être à moitié folle. Elle t'a cherché chez le boulanger, chez tous ces vieux fous qui sont tes amis. Elle a même été chez le défunt et à l'hôpital.

– Et moi, de mon côté, je la cherche partout.

– Et tu as mis la maison en révolution. Ici tout le monde te cherche. Isidorito, qui ne lève jamais le petit doigt pour personne, a commencé à s'inquiéter et il est sorti pour voir s'il te trouvait.

– Il a accompagné Nélida?

– Non, ils sont partis chacun de son côté. Je crois qu'elle est allée jusqu'à un des garages de Eladio – pas à celui de la rue Billinghurst, mais à celui de la rue Azcuenaga, tu sais? en face du cimetière de la Recoleta – là où il remise des vieilles voitures.

– Mon Dieu! cette fille toute seule dans ces rues!

– Elle est assez grande pour se défendre.

– Pourvu qu'il ne lui arrive rien à cause de moi.

– Si tu étais resté à la maison, comme elle te l'avait demandé... »

46

En tournant à l'angle de la rue Vicente Lopez, il aperçut les coupoles et les anges qui dépassaient du mur de la Recoleta et il constata avec ennui que cette nuit toutes les maisons lui faisaient penser à des monuments funéraires. La rue était jonchée de gravats, de mottes de terre, de morceaux de bois, de fragments de croix et de statues. Un petit homme livide, l'air à la fois égaré et têtu, qui avait peine à retenir par sa laisse un chien tout tremblant, lui adressa la parole :

« Les bar-bares, dit-il d'une voix qui tremblait autant que le petit chien. Vous avez entendu les bombes? La première a éclaté dans l'asile même des vieillards. La seconde, voyez un peu ce qu'elle a fait! Supposez, mon cher monsieur, que notre promenade nous ait conduits ici un peu plus tôt. Vous vous rendez compte? »

Le petit chien flairait frénétiquement le sol. Soudain Vidal sentit toute la tristesse du cimetière déferler par la brèche ouverte et fondre sur lui. Il dut fermer les yeux, comme s'il allait s'évanouir. Il réfléchit que sa tristesse devait correspondre à un grand malheur. « Mais, remarqua-t-il, ce qui est étrange c'est que ce malheur n'est pas encore arrivé. » Il pensa à Nélida et se dit : « Pourvu qu'il ne lui arrive rien! »

Le long du trottoir était rangé un camion rouge, orné d'arabesques blanches. Vidal le dépassa sans s'en approcher, entra dans le garage, chercha Eladio ou son employé, lut l'écriteau *Défense d'entrer à toute personne étrangère au service,* et oublia ce qu'il avait lu, parce qu'il était si fatigué qu'il oubliait tout, comme en rêve. Devant la rangée des voitures alignées au fond du garage, apparut une silhouette les bras en l'air. Il entendit vaguement qu'on appelait :

« Eh! vieux... »

Il prit un instant cet appel pour une accusation, mais il reconnut aussitôt la voix de son fils. Il vit le garçon, les bras en l'air, qui courait vers lui. « Il a l'air content de me voir. C'est curieux », se dit-il sans ironie aucune mais aussi sans se douter de son commentaire. Les images se brouillèrent devant ses yeux. Il vit une masse menaçante, il entendit un hurlement, un bruit de ferraille et de verre cassé qui tombait par terre interminablement. Puis, en un instant d'absolu silence – le choc avait peut-être arrêté le moteur – il comprit enfin : le camion avait écrasé Isidorito contre les voitures qui étaient au fond. Les faits se confondirent alors dans son esprit comme si on l'avait soûlé. Les scènes demeuraient précises, mais elles se mélangeaient n'importe comment. Son attention se portait désespérément vers une sorte de pantin affalé sur un capot de voiture. Le camion reculait doucement, avec grand soin. Vidal sentit qu'on lui parlait. Le camionneur lui expliquait avec un sourire presque affable :

« Un salaud de moins. »

« Si on me parle, pensa Vidal, je n'entendrai pas les gémissements ni la respiration de mon fils. » Maintenant quelqu'un lui prenait le bras et disait :

« Il ne faut pas regarder. (Vidal reconnut la voix de Eladio.) Allons, viens, courage! »

En regardant par-dessus son épaule, il vit au sol des légumes tombés du camion, du verre pilé et une mare de sang.

47

QUELQUES JOURS PLUS TARD

LE groupe des amis se chauffait au soleil, sur un banc de la place Las Heras.

« Ils n'ont plus peur de se montrer, tu as vu? dit Dante.

– C'est exact, répondit Jimmy. La place fourmille de vieux. Je n'irai pas jusqu'à dire que le spectacle est beau à voir, mais du moins on a la paix.

– Je trouve que les jeunes se montrent plus respectueux et plus attentionnés, dit Arévalo. Comme si...

– Ce serait bien désagréable s'il leur prenait l'envie soudaine de nous attaquer, observa Dante.

– Savez-vous ce que me disait un jeune homme? dit Jimmy. Que cette guerre était un mouvement qui péchait par la base.

– Si tu parles en regardant de l'autre côté, je ne t'entends pas », prévint Dante.

Jimmy continua :

« Et savez-vous pourquoi il péchait par la base? Parce que c'était une guerre nécessaire et que l'humanité est idiote.

– Ce sont les jeunes qui ont toujours été des idiots, déclara Rey. Va-t-on nous dire que l'inexpérience est une sagesse et qu'on la perd ensuite?

– Une sagesse non, mais une intégrité, dit Arévalo. La jeunesse ne manque pas de vertus. Elle n'a pas eu assez de temps, ou d'expérience, pour prendre goût à l'argent... »

Rey dit d'un ton sentencieux :

« Une guerre idiote, dans un monde idiot. N'importe quel imbécile pouvait te traiter de vieux et te supprimer.

– Tu parles comme si tu avais la bouche pleine, et je n'entends rien. » protesta Dante avec humeur.

Vidal était assis à côté de ce dernier, à l'extrémité du banc. Il pensa : « Dante n'entend pas et les autres sont plongés dans leur conversation. Je m'échappe. » Il pivota sur lui-même, se leva, franchit le terre-plein et traversa la chaussée. « Je ne sais pas ce que j'ai, mais je ne peux plus les supporter. Je ne supporte plus rien d'ailleurs. Et maintenant où vais-je aller? » se demanda-t-il comme s'il avait le choix. Pour ne pas abandonner ses camarades, devait-il renoncer à vivre avec Nélida? La mort d'Isidorito l'avait complètement perturbé, il n'avait plus goût à rien.

Il remarqua qu'un petit garçon le regardait avec étonnement.

« N'aie pas peur, dit-il. Je ne suis pas fou; mais je suis vieux et je parle tout seul. »

Il pensa, en entrant dans sa chambre, que la vie n'était possible qu'auprès de Nélida. Il allait ôter de sa malle un tas de choses inutiles, des reliques sans intérêt qu'il avait gardées parce que c'étaient des souvenirs du temps passé, de ses parents, de son enfance, de ses premières amours, et il les brûlerait sans regrets; il ne conserverait que ses bons vêtements (là-bas il n'irait qu'avec ses meilleurs habits) et il s'installerait définitivement rue Guatemala. Avec Nélida, il commencerait une vie nouvelle, sans souvenirs importuns. C'est seulement alors qu'il aperçut son poste de radio. Il se dit : « Isidorito y a enfin pensé. » En prononçant le nom de son fils, il resta rêveur, comme s'il était devant quelque chose d'incompréhensible. On frappa à la porte. Il sursauta, craignant ou espérant peut-être la présence de Dieu sait qui. C'était Antonia.

« Tu vas là-bas? demanda Antonia. Tu ne le croiras pas, mais elle t'attend toujours. J'admire sa patience.

– Je n'ai rien décidé encore, répondit-il, et il disait la vérité.

– Tu veux que je te dise ce que je pense? Tu es comme un enfant qui cherche à se rendre intéressant.

– C'est que je suis retombé en enfance.

– On ne peut pas discuter avec toi. Je sors faire un tour. (Elle fit une pause et ajouta) : Avec mon amoureux. »

Resté seul, il se dit : « Ces deux-là, l'oncle et le neveu, sont responsables de bien des choses. Quelle attitude dois-je adopter envers eux? Aucune. » Passant à un autre sujet, il continua : « Pour des gens comme nous, la solution c'est une femme comme la Tuna. N'allez pas croire que la mort d'Isidorito – il se mordit les lèvres et, parce qu'il l'avait commencée, il acheva distraitement sa phrase – m'a rendu pessimiste; maintenant je vois les choses comme elles sont. Pendant tout un temps, l'homme est libre d'agir à sa guise, mais quand il approche de la limite imposée par la vie, il ne lui sert à rien d'affirmer qu'il va être heureux parce qu'il a la chance d'être aimé. » Il se souvint avec amertume de la façon dont un ivrogne presque aphone parodiait l'amour dans le vieux magasin à l'angle des rues Bulnes et Paraguay en prenant les mines extatiques d'un jeune homme maniéré. Il se souvint des derniers jours de son père. Il avait beau ne pas s'éloigner de son lit, il sentait que son père était seul, inaccessible. Il ne pouvait rien faire pour lui, sinon lui mentir de temps en temps... Maintenant c'était à son tour de partir et s'il retournait rue Guatemala il lui faudrait mentir à Nélida et lui dire que tout continuerait toujours de la même façon, qu'ils étaient heureux, qu'il ne pourrait rien leur arriver, parce qu'ils s'aimaient. De nouveau il se mordit les lèvres, en pensant : « La doctoresse d'Isidorito avait raison : il faut voir les choses comme elles sont. » Il alluma le gaz et mit de l'eau à chauffer pour le maté.

48

IL profita d'un surplus d'eau chaude pour se raser. Avec une lente application, comme si cet acte était une épreuve, un examen qu'il lui fallait passer, il se rasa minutieusement. Après avoir essuyé avec une serviette les traces de savon, il passa sur sa figure une main soupçonneuse et parut satisfait. Il changea de linge, mit un peu d'ordre dans la pièce, jeta son poncho sur ses épaules, éteignit la lumière, prit son trousseau de clefs et sortit.

Il marcha à grands pas, uniquement attentif au trajet. La rue, comme si elle avait voulu le distraire, ne tarda pas à lui réserver une surprise. En effet, en tournant rue Salguero, il tomba nez à nez sur Antonia et son amoureux, lequel n'était plus le neveu de Bogliolo, mais bien Faber.

« Tu ne me félicites pas? demanda le vieillard de sa voix nasillarde et avec un sourire humide.

– Je vous félicite tous les deux », répondit Vidal sans s'arrêter et il se dit qu'il lui importait fort peu que ce couple offrît ou non un spectacle révoltant.

Il était presque arrivé quand des enfants qui sautaient à cloche-pied sur le trottoir lui barrèrent le passage.

« Ne partez pas, monsieur, lui dirent-ils. Nous jouons à être des correspondants de guerre. Nous voudrions vous demander vos impressions sur cette paix.

– Mais pourquoi marchez-vous à cloche-pied?

– Nous sommes blessés. Vos impressions?
– Je n'ai pas le temps.
– Vous allez revenir?
– C'est cela. Attendez-moi. »

Il poussa le petit portail en fer, traversa le jardin, entra dans l'immeuble, monta les escaliers en courant. Quand elle le vit, Nélida lui ouvrit les bras.

« Enfin! s'écria-t-elle et elle fondit en larmes. Pourquoi ne revenais-tu pas? A cause de ce qui s'est passé? Quel malheur, mon chéri! Tu n'avais pas besoin de moi? Moi, si je suis triste, je veux t'avoir près de moi. Tu as beaucoup souffert? Tu ne m'aimais plus? Moi je t'aime, tu sais? Je t'aime, je t'aime!... »

Nélida continuait à s'exclamer, à protester, à gémir, à questionner, comme si elle n'allait plus pouvoir s'arrêter de parler. Mais Vidal l'empoigna avec fermeté, la poussa à l'intérieur de la chambre et l'étendit sur le lit.

« La porte est restée ouverte », murmura Nélida.

Vidal répondit :

« Nous irons la fermer après. »

49

« MAINTENANT je vais aller fermer la porte, annonça Nélida. Devine ce que je me dis? Je souhaite qu'on nous ait vus, pour qu'on sache à quel point tu m'aimes.

– J'ai faim, dit Vidal.

– Tu m'embrasses comme si tu voulais me manger. Je vais préparer le dîner. Dors un peu pendant ce temps-là. »

Vidal n'entendit probablement pas cette dernière phrase car il s'était immédiatement endormi. Comme dans les contes de fées, un festin l'attendait au réveil : une table garnie d'une nappe et de serviettes, deux plats, un dessert, du vin rouge. En le voyant manger, Nélida s'écria :

« Tu es méconnaissable.

– Qu'est-ce que j'ai de nouveau?

– Je ne sais pas, aujourd'hui je trouve que tu as l'air très décidé.

– Cela te déplaît?

– Non, au contraire. C'est comme si pour la première fois tu étais tout à fait ici avec moi. Maintenant il me semble que je puis vraiment compter sur toi. (Nélida n'avait pas plus tôt dit cela qu'elle s'inquiéta) : Tu vas rester, n'est-ce pas? »

Vidal répondit :

« Non. Maintenant j'ai à faire.

– Tu reviens ce soir?

– Oui, si je peux. »

Il l'embrassa. Nélida lui dit :

« Prends ton poncho. Le temps s'est rafraîchi. »

Ce qu'il trouva en sortant, au lieu des enfants, ce fut un groupe de jeunes gens rangés sur deux files, le long des maisons et au bord du trottoir. Alors qu'il passait entre leurs rangs, quelqu'un chantonna :

« *Comme il passe vite le temps des fredaines!*

– Je vous préviens que tout cela est bien fini », dit Vidal et il suivit son chemin.

Au café de la place Las Heras, ses amis l'accueillirent en lui faisant fête.

« Eladio va remplacer Nestor », expliqua Dante.

Jimmy lui-même reconnut que ce soir-là Vidal joua bien. Quant à lui, Jimmy, il s'était montré astucieux comme toujours, Rey friand d'olives et de cacahuètes, Arévalo ironique, Dante lent et sourd : si bien que tout était dans l'ordre, et quand Eladio dit qu'il était agréable d'assister à des réunions de ce genre, il manifesta l'opinion générale. Cependant, comme l'équipe de Vidal gagnait toutes les manches, les perdants ne tardèrent pas à se plaindre de ce que certains avaient trop de chance. Ils jouèrent tard dans la nuit. Puis Rey demanda :

« Où vas-tu, Isidro?

– Je ne sais pas », répondit Vidal et il s'éloigna résolument dans la nuit, parce qu'il désirait rentrer seul.

ŒUVRES D'ADOLFO BIOY CASARES

Aux Éditions Robert Laffont :

NOUVELLES D'AMOUR, 1971.
PLAN D'ÉVASION, 1972.
DORMIR AU SOLEIL, 1975.
LE HÉROS DES FEMMES, 1982.
L'INVENTION DE MOREL, 1984.

En collaboration avec Jorge Luis Borges :

CHRONIQUES DE BUSTOS DOMECQ.
SIX PROBLÈMES POUR DON ISIDRO PARODI.
NOUVEAUX CONTES DE BUSTOS DOMECQ.

IMPRIMÉ EN FRANCE PAR BRODARD ET TAUPIN
58, rue Jean Bleuzen - Vanves - Usine de La Flèche.
LIBRAIRIE GÉNÉRALE FRANÇAISE - 14, rue de l'Ancienne-Comédie - Paris.
ISBN : 2 - 253 - 03940 - 3

42/3074/4